十津川警部 長良川心中

新装版

西村京太郎

Kyotaro Nishimura

C★NOVELS

目次

十津川警部　長良川心中

第一章　鵜飼いの夜

1

五月に入ると、長良川で、恒例の鵜飼いが始まる。鵜飼いは、長良川以外でも、木曽川などで、行われるが、長良川の鵜飼いは、ほかに比べて、二つの点で、違いがある。

第一は、歴史の古さである。

長良川の鵜飼いは、今から千三百年前、西暦七〇二年から、今まで連綿として続けられてきたという歴史がある。

第二は、長良川の鵜匠の身分である。現在、山下、杉山両家にいる鵜匠は、六人で、いずれも宮内庁の職員で、正式な名称は、宮内庁式部職鵜匠である。

五月十五日、東京の出版社が出している雑誌「旅ロマン」の編集者、木本信雄と、カメラマンの井上有紀の二人が、長良川の鵜飼いの歴史と、その美しさ、楽しさを取材するため、午後の「こだま」で、東京駅を出発した。

二人とも、長良川の鵜飼いは、写真では知っていたが、実際に、見たことはない。

新幹線の中で、木本は、長良川の鵜飼いについて書かれたパンフレットに、目を通していたが、

「とにかく、歴史があって、古いらしい。何し

ろ、今から千三百年も前の、西暦七〇二年から始まっているといわれているからね。古い行事なんだ」

　と、木本は、隣席の有紀に向かって、やたらに、古いを連発した。

「西暦七〇二年というと、日本では、いつ頃の時代かしら？」

「六七二年が壬申の乱だから、それから三十年後だね」

「じゃあ、飛鳥時代？」

「そうだろうね。八年後の七一〇年に、飛鳥から平城京に都が移っているから。面白いのは、鵜匠には、男しかなれないから、女の子が続けて生まれると、跡継ぎの問題で、困ったらしいね」

「男しか継げないというと、古い家元制度の中で、同じようなことがいわれているわね。歌舞伎では、男しか歌舞伎役者にはなれないし」

「それに、戦争中も、長良川の鵜飼いは行われていて、今いったように、男しか、鵜匠になれないから、山下家と杉山家に生まれた男は、戦争中も、兵隊には、取られなかったらしいよ」

　そんな話をしているうちに、二人の乗った「こだま」は、岐阜羽島駅に着いた。

　駅前からタクシーを拾って、二人は、予約しておいた岐阜都ホテルに向かった。

　タクシーは、長良川の土手に作られた道路を、走っていく。

　木本は、携帯の天気予報を見ていた。多少の雨でも、鵜飼いは、行われるだろうが、できれば、晴れてくれたほうがいい。どうやら、今日いっぱいは、天気がもつらしい。

三十分ほど走って、タクシーは、岐阜都ホテルに、到着した。

　長良川の鵜飼いを、見物することは、都ホテルに伝えてあったので、フロントで確認すると、

「お客さまの乗る屋形船の予約は、お取りしておきました。ただ、二名様だけなので、大きな船に、ほかのお客様と、相乗りということになってしまいます。それでもよろしいでしょうか？」

　フロント係は、丁寧な口調で、木本にきいた。

「それで結構です。むしろ、取材だから、ほかのお客さんと一緒のほうが、面白い話が聞ける」

　と、木本は、いい、

「何時頃、出発したらいいんですか？」

「乗船は、五時半からということになっておりますから、その少し前に、タクシーに迎えに来るように、手配しておきました」

「ここから、乗船場までは、どのくらいかかるの？」

　横から、井上有紀が、きいた。

「そうですね、車で、五、六分といったところですね」

　と、フロント係が、いった。

「夕食は、その屋形船の中で、取れるようになっているんでしょうね？」

「はい。そのように、手配しておきました」

「どんな夕食なの？」

「松花堂弁当に、天然のアユも焼いてくれます。もちろん、ビールや、お酒、ウーロン茶などの飲み物も、用意されています」

「それで、五時半に、乗船して、鵜飼いが始ま

るのは、何時なの？」

井上有紀が、きくと、

「鵜飼いは、暗くなってから、始まりますので、現在は、七時半ということになっています。それまでに、ゆっくりと、お酒を飲んだり、食事をしたりしていただきたいのです」

フロント係が、教えてくれた。

五時半に、タクシーが迎えに来て、二人は、出発した。

タクシーは、長良川に掛かる橋を渡る。船着き場は、都ホテルとは、反対側にあるのだ。

二人が船着き場に着いた時には、大型の屋形船が何艘も並んでいて、すでに、乗船が始まっていた。

急な石段を降りていくと、そこが、船着き場になっている。

客を乗せた屋形船は、次々に、岸を離れていく。

船外機が、ついているのだが、船首の部分には、男が二人、乗っていた。背中に、大きな名前を染め抜いた半纏を着て、頭に鉢巻きを、巻いた男衆である。

男たちは、長い竹竿を持ち、それを微妙に、操りながら、船の進む方向を、決めていく。

船は、上流に向かって走っているので、それほど、スピードは出ていない。そんな、ゆっくり進む屋形船を、小さな、といっても、長さは十三メートルはあるという細長い船が、猛烈なエンジン音を、響かせて、追い越していった。

船首の男衆の一人が、大声で説明してくれる。

「今、追い越していったのが、鵜匠の乗った鵜船で、ご覧になったように、三人乗っています。

頭に、烏帽子を載せ、腰蓑をつけているのが鵜匠で、真ん中にいるのが中乗り、いちばん船尾に乗っているのが、艫乗りです。暗くなると、篝火に火がつき、全部で、六艘の鵜船が、一斉に長良川を下ってきます。篝火のある方が、船首ですから、今は、上流に向かって、船首と船尾を反対にして走っています」

「鵜匠さんが、乗った船は、どのくらい上流に行ってしまうわけ？」

　有紀が、カメラのシャッターを、押しながらきく。

「かなり上流まで行きますよ。そこから一斉に、松明をつけ、鵜を、泳がせながら、長良川を下ってくるんです。どうしても、先頭の船のほうが、アユを獲りやすくなりますから、順番を、くじ引きで決めるんですが、順番を決めた後で船を、方向転換をするのは、難しいので、今のように、船尾を前にして、上流に上っていき、そのまま、今度は下ってくるわけです」

「いろいろと知っているのね」

　感心したように、有紀が、いった。

　男衆は、笑って、

「何しろ、もう何年も、この、仕事をしていますからね」

「ねえ、名前を教えてくださらない？」

「うみしまです。海という字に、島と書きます」

「海島さん。面白い名前ね」

　有紀は、笑ってから、

「あなたたちのことは、何と、呼べばいいのかしら？」

「そうですね、何と、呼んでくださっても結構ですが、一応、正式な名前は、船員ということになっています。この船には、船長が一人と、船員二人の合計三人が、乗っているわけです」

何分か、上流に向かって進むと、澱みになっているようなところが、あった。そこに、客の乗った屋形船が、次々に集まってきた。

お客たちは、停船した船の上で食事をしたり、酒を飲んだりしながら、鵜飼いが、始まるのを待つということらしい。

屋形船が六艘か七艘、横並びで停まった。

乗っているお客の種類も、さまざまだった。どこかの会社の社員たちは、早くも、ビールや酒を飲んで、気勢を上げたり、立ち上がって歌を歌っている。

木本と有紀が乗った屋形船は、三十人乗りだというが、二十二、三人ほどが乗っている。その中に、五、六人のグループもいれば、木本と有紀のような、男女のカップルもいる。

木本も船内の椅子や、周りの景色を、ビデオに収めている。

二人は、松花堂弁当に箸をつける前に、ビールで喉を潤すことにした。

「海島さん。鵜飼いは暗くなってから始まるといっていたんだけど、どうして、暗くなってからなの？」

木本が、船首にいる海島にきいた。

正式には、船員ということらしいが、印半纏に、鉢巻という、粋な格好の二人は、やっぱり、男衆という言葉の方が、似合いそうである。

その男衆の海島が、大声で答える。

「皆さんは、よく誤解されるんですよ。鵜飼いというのは、篝火を焚いて、明かりに集まってくるアユを鵜を使って獲るものだと、思っていらっしゃる。違うんです。暗くなるとアユは、石の下で寝るんですよ。そこへ、篝火を焚いた鵜船が来る。急に明るくなって、パチパチ火花が散るから、アユは、びっくりして石の下から飛び出すんですよ。それを鵜がパクリとやる。だから、夜、暗くなってからが、いいんですよ。それに、夜の篝火って、きれいだから」

「川沿いに建っている旅館やホテルも、協力してくれるの？」

「ええ。鵜飼いが始まったら、協力してくれますよ。部屋の明かりを消したり、カーテンで、外に洩れないようにして」

「じゃあ、この屋形船の明かりも消すんですか？」

　木本がきくと、海島は、笑った。

「少しだけ、暗くさせて頂きますよ」


　次第に、周囲が暗くなってきた。

　今日は、五月の中旬。昼間は暑いくらいだったが、夕方になると、長良川の川面を渡ってくる風は、さすがに、冷たかった。

　突然、花火が上がった。

「さあ、始まりますよ」

　と、海島が、いった。

　最初の鵜船が、木本たちの視界に入ってきた。なるほど、今度は、船首を前にして、進んでいる。

　船首に篝火が焚かれていて、その火花の弾(はじ)ける音が聞こえてくる。

　船首に立った鵜匠が、十本から十二本という紐を持って、それだけの数の鵜を操っている。

　時々、ドンドンという音がする。

「あれは、一緒に乗っている船頭が、船板を手で、叩いているんですよ」

「どうして、そんなことをするの？」

「音を立てて、鵜を元気づけているんです」

有紀が、カメラを向け、木本は、ビデオをスタンバイし、じっと目を凝らした。

篝火の明かりの中で、鵜が水中に潜ったり、飛び出してきたりする。

鵜匠が、アユを、獲ったと思われる鵜を、紐で引っ張り上げて、船の上で、アユを吐き出させている。

長良川に沿って建っているホテルや旅館も、鵜飼いに合わせて、明かりを、消しているので、篝火を焚いている鵜飼い船が、絵のように、美しい。

六艘の鵜飼い船が、次々に現れては、下流に向かって、姿を消していく。

時々、鵜匠が、篝火に薪を投げ込む。そのたびに、パーッと、火花が散って、それが、川面に映える。

船板を叩くドンドンという音が、絶え間なく続いている。

有紀が、必死になって、写真を撮っていると、それを見兼ねたのか、海島が、

「あとで、一艘だけ近くまで来て、実演を見せますから、その時に写真を、撮ったらいいですよ。そのほうが、いい写真が、撮れますよ」

と、教えてくれた。

なるほど、しばらくして、六艘の鵜船のうちの一艘が、わざわざ、客の乗っている屋形船のそばまで来て、鵜飼いの実演を、見せてくれた。

「あとは、総がらみですね。これは、きれいだから、絵になりますよ」

と、海島が、いう。

「総がらみって、何ですか？」

木本が、きく。

「今までは、ご覧のように、鵜船は、一艘ずつ離れて、下流に、向かって進みながら、鵜を操っていましたが、最後に、六艘がくっつくようにして、横一直線に、走りながら、鵜飼いを見せるんです」

と、海島が、いった。

周囲は、さらに暗くなった。

その暗さの中で、総がらみが始まった。六艘の鵜船が、重なるように接近して、川面を動きながら、鵜飼いをするのである。

夜の闇の中で、篝火だけが明るく、一筋の帯のように繋がっている。美しい絵である。

有紀が、その景色を、夢中になって、カメラに収めていたとき、突然、船首にいた海島が、座敷の中に、飛び降りてきた。

「危ない！」

有紀が、悲鳴をあげた。海島は、それを、無視したように、いちばん端で眠っているカップルのそばに、飛んでいって、

「お客さん！」

と、大きな声を出した。

木本が、

「その二人、酔っぱらって、寝ているんだよ。無理に起こして、鵜飼いを、見せることはないよ」

「いや、このお客さん、ちょっとおかしいですよ。酔っぱらって寝ているんじゃないかもしれませんよ」

海島は、力を込めて、二人の体を揺さぶって

いるが、カップルは、起き上がる気配がない。

海島は、船尾にいる船長に向かって、

「すぐ救急車を、呼んでください。二人のお客さんの様子が、変なんです」

と、叫んだ。

「救急車？」

と、船長が、のんびりと、きき返す。

海島は、さらに、大きな声で、

「カップルの、お客さんの様子が、おかしいんですよ。至急、救急車をお願いします」

と、繰り返した。

船長も、やっと真顔になって、携帯電話で救急車を呼んだ。

木本も、だんだん、そのカップルが、心配になってきて、テーブルに、うつ伏せになっている男女に、目をやった。

男は、おそらく三十五、六歳といったところか。女は、男より一回りは若いだろう。

海島が、いくら、揺すっても、二人は目を覚まそうとは、しなかった。
五、六分して、土手の上に、救急車が二台到着し、四人の救急隊員が、タンカを持って、河川敷を、走ってきた。
救急隊員が、こちらの船に、乗り込んでくると、海島が、

「この二人のお客さん、酔っぱらって、寝ているのかと思っていたら、どうやら、違うみたいなんですよ。起こそうと思って、いくら体を揺すっても、声をかけても、目を覚まさないんですよ」

と、いった。

救急隊員の一人が、

「このワインのボトルですけど、こちらで用意したものですか？」

「いや、それはたしか、その二人が持ち込んだものですよ」

と、船長が、答える。

もう一人の救急隊員が、テーブルの下から空の瓶を拾いあげた。

「この中の物を、飲んだのかな」

と、一人がいい、もう一人が、

「この二人が、料理やお酒以外の物を、口にしているところを、見た人はいませんか？」

と、きく。が、誰も答えなかった。

二人の男女は、救急隊員の用意した二つのタンカに、乗せられて、運ばれていった。

屋形船の空気が、急に重苦しくなってしまった。それでも、

「まだ、総がらみが続いていますから、ご覧になってください」

と、海島は、客を盛り上げるように、大きな声で、いった。

木本たちの乗った屋形船は、総がらみが終わると、船着き場に向かって、動き出した。

二人は、タクシーで、都ホテルに帰ったが、初めて鵜飼いを見たためとは、違った意味で、興奮していた。

木本が、編集長に、電話をかけた。

「今、鵜飼いの取材が終わって、ホテルに帰ってきたところです」

「ちゃんと、取材はしたんだろうね？　写真もしっかり撮ったか？」

編集長が、きく。

「ええ、取材も、ちゃんとやったし、写真も、

きちんと、撮りましたよ。ただ、妙な事件にぶつかりましてね」

木本は、自分たちの乗った屋形船の中で、男女二人が、おかしくなってしまったことを、そのまま、伝えた。

「男は中年で、女は若いんだったな？」

「そうです。たぶん、男は三十五、六歳じゃないですか。女は二十代ですね」

「心中か？」

「いや、それは、まだ、わかりませんよ」

「わかった。とにかく、明日になったら、さっさと帰ってくるんだ」

編集長は、最後は、決めつけるように、いった。

電話のあと、木本は、夜九時の、テレビのニュースを見たが、問題の、カップルのことは、報道されなかった。

翌朝、木本は、有紀と一緒に、朝食に行った。

「今朝のニュースでやっていたわ」

有紀が、声を落として、木本に、いった。

朝食はバイキングなので、木本は、皿の上に、スクランブルの卵や、海苔(のり)、納豆、ハムなどを載せながら、

「僕も見たよ。テレビでは、無理心中じゃないかと、いっていたな」

警察が、無理心中かもしれないと考え、その線で、調べていると、テレビは、報道していた。

男女の身元は、まだわかっていないらしい。

二人は、岐阜市内のホテルに泊まっていたが、そこに、書いた名前が、いずれも、偽名らしいという。

二人は、並んで朝食を取りながら、

「僕のビデオに倒れた男と女が、ワインを飲んでいるところが、映っていたけど、君は、二人の写真、撮っていた？」

木本が、有紀に、きいた。

「たまたま、撮っていたけど、二、三枚だけだったわ」

有紀が、小声で、いった。

「あの二人が、有名人だったら、ウチの雑誌でも、使えるかもな」

「少なくとも、私の知っている人たちじゃないわね」

二人は、朝食を済ませ、ホテルを、チェックアウトすると、タクシーで、岐阜羽島駅に向かった。

東京行きの「こだま」に、乗ってからも、木本は、テレビのニュースの時間に合わせて、デッキに行き、携帯の、ワンセグのテレビを見ていた。

席に戻ると、有紀に向かって、

「二人とも、東京の人間らしい」

「名前、わかったの？」

「ああ、これが、その名前だ。地元の警察が、記者会見で、発表している」

木本は、テレビ画面に出ている二人の名前を、有紀に見せた。

男は、藤本智之（ともゆき）、三十六歳。女は、水島和江、二十五歳。

「二人とも、有名人じゃなかったわね」

有紀が、いう。

「ああ、そのようだ」

「ホテルでは二人とも、偽名を、使っていたんでしょう？　どうして、本名が、わかったのかしら？」

「二人が、運転免許証を、持っていたんだ。それで簡単に、本名が、わかったらしい」

「二人とも、東京の人間なのに、どうして、わざわざ、岐阜まで来て、心中を、図ったのかしら？」

「もしかすると、岐阜が、二人にとっては、思い出の場所だったんじゃないのかな？　長良川の鵜飼いが、二人の思い出に、関係しているのかもしれないな」

と、木本が、いった。

東京に着き、勤務先の出版社に顔を出すと、編集長の田辺が、有紀に向かって、

「心中を図った二人の写真は、撮っていたのか？」

「ええ。二、三枚だけですけど」

「ウチの雑誌に載せるんですか？」

木本が、きくと、

「載せるか載せないかは、これからの、発展次第だな。ただ、平凡な人間の、心中事件のようだからな」

と、田辺は、いった。

だが、心中事件の真相は、曖昧（あいまい）なままだった。

次の日になって、少し事態が動いた。

第一に、二人は、睡眠薬を、ワインに混ぜて、服用し、男が生き残り、女が死んだことが、地元の警察から発表された。

二つ目は、男、藤本智之には、涼子という同じ歳の妻がいた。女、水島和江のほうは、独身である。

第三、救急車で病院に運ばれる途中、救急隊員の一人が、

「やられたと、男が、掠れた声で、いうのを聞いた」

と、証言し、そのことが、ニュースでも取り上げられたのである。

これで少しばかり、事件の形が、わかってきた。編集長の田辺は、不満そうに、いった。

「これじゃあ、よくある、型にはまった、無理心中じゃないか」

妻のいる男が、十一歳も年下の若い女に惚れてしまった。男は浮気を楽しんだが、もともと、妻と別れる気はない。

だが、女のほうは、男に向かって結婚を、迫ってくる。どうしようもなくなって、二人は、心中を図った。そして、女は死に、男は、助かった。

問題は、救急車の中で、隊員の一人が聞いたという、「やられた」という男の言葉が、信じられれば、女のほうが仕掛けた無理心中ということに、なって来る。

その日の夜遅くの、ニュースでは、もう一つ、わかったことがあった。

それは、服用された睡眠薬のことである。

警察の発表によると、ネルトンNという新しく開発された、強力な睡眠薬で、二人はその薬とワインを飲み、女は死んで、男は助かったと、いうことだった。

五月十八日になると、死んだ水島和江に、高校、短大と一緒だった親友がいて、その女友だちは、現在、M製薬に勤務していることが分かった。

その女友だちの名前は、金子真紀子といい、彼女が、勤めているM製薬では、問題の睡眠薬を製造していることもわかってきた。

ところが、五月二十日の朝になって、今度は、金子真紀子が、自宅で、同じ睡眠薬を、飲んで死んでいるのが、発見されたのである。

殺人の可能性もあるということで、警視庁捜査一課の、十津川班が、この死亡事件を調べることになった。

金子真紀子が、住んでいたのは、三鷹（みたか）市内にある、三鷹レジデンスという八階建てのマンションの七〇二号室である。

死体は、すでに、救急車で、近くの病院まで運ばれていたが、病院に着いた時には、すでに死亡していたと、担当した医師は、十津川にいった。

十津川たちは、1LDKの七〇二号室を、慎重に、調べることにした。

第一発見者は、マンションの管理人だった。

七階の他の住人たちが、七〇二号室から、強い臭いがするので、調べてほしいといい、管理人が、マスターキーを使って、七〇二号室を開けて中に入ったところ、部屋中に、ガスが充満していた。

そこで、窓を開け、ガスを、外に逃がしたのだが、寝室に倒れている金子真紀子を発見し、すぐに、救急車を呼んだのだという。

ガス栓を開けてから、睡眠薬を、飲んだのか、それとも逆に、睡眠薬を飲んだ後で、ガス栓を開けたのかは、わからない。

いずれにしろ、大量の睡眠薬を飲んで、ガス栓を開け、金子真紀子が、亡くなったことは、間違いないのである。

ただし、睡眠薬を飲み、ガス栓を、開けたのが本人なのか、他人から睡眠薬を飲まされ、その他人が、ガス栓を開けたのかは、今のところ、不明である。

もちろん、それが、他人ならば、殺人ということになり、当然、その人間が、犯人ということになって来る。

刑事たちが、机や三面鏡の引出しを調べてみると、写真の、アルバムが出てきた。

アルバムの中には、岐阜で死んだ水島和江と、一緒に撮った写真もあった。

そのほか、机の引出しに入っていたのは、水島和江が、妻子ある男と、心中を図って死んだことを伝える、新聞の切り抜きだった。

寝室には、ナイトテーブルがあり、その上にはワインのボトルと一緒に、薬瓶が、置かれていた。

グラスが、床に転がっていた。その底には、ワインが、少し残っている。

十津川は、その三つを、すぐ科研で調べてもらうことにした。

部屋には、備えつけの電話が、あったが、いくら探しても、携帯電話は、見つからなかった。

管理人に聞くと、金子真紀子が、携帯電話から、電話をしてきたことがあるというから、彼女が、携帯電話を、持っていたことは、間違いないだろう。

これで、自殺ではなく、殺人の可能性が強くなったと、十津川は、思った。

これが、殺人ならば、犯人は、被害者の携帯電話に残っている通話記録を、調べられるのがイヤで、持ち去ったと、いうことになってくる。

十津川は鑑識に、部屋の指紋の採取を頼んでおいて、亀井を連れて、金子真紀子が勤めていた、M製薬に出かけていった。

金子真紀子が所属していたのは、薬品を製造する工場の中にある、管理課だった。

管理課長に会った。応対してくれた課長は、前田といい、五十年配の男だった。

さすがに、前田は、金子真紀子が、死んだと聞いて、驚きの表情を見せた。

「今日、彼女が、無断欠勤をしたので、風邪(かぜ)でも引いたのかと思って、心配していたんですが、まさか、亡くなっているとは、夢にも思いませんでした」

「彼女の、会社での評判は、どうでしたか？」

十津川が、きいた。

「そうですね。明るくて元気がいいので、皆、彼女のことが、好きだったんじゃないですか」

「ここは、M製薬の、製造工場に付随した管理課ですよね？　M製薬で作っている睡眠薬ですが、それを、彼女が手に入れるチャンスがあったと、前田さんは、思われますか？」

「チャンスは、なかったと、いいたいところですがね。彼女、工場の人たちとも、顔なじみでしたから、工場に、入っていったとしても、誰も、怪しまなかったと思いますよ」

前田は、そんないい方をした。

たぶん、工場の製品が無くなったことが、前にも、何度かあったのだろう。

「彼女と、個人的につき合っていた男の社員は、いましたか？」

と、亀井が、きいた。

「そういうプライベートなことは、私にはわかりませんが、そうだ、ここの工場には、金子君と仲の良い女子社員が二人いますから、その辺のことは、彼女たちに、きいてください。もしかすると、何か、知っているかもしれませんよ」

前田は、二人の女子社員を呼んでくれた。

十津川がきくと、二人とも、金子真紀子には、彼氏がいたと思うと、いった。

「彼女の口から、つき合っている男のことを、聞いたことがありますか？」

「いいえ」

「彼女は、昨夜のうちに、睡眠薬を飲み、ガス栓を開けて、いずれかの中毒で、死亡したんですが、彼女が、自殺するような兆候は、ありましたか？」

「本当に、自殺をしたんですか？」

二人の女は、顔を見合わせている。

「今、それを、調べているところです。どうでしょう、お二人から見て、彼女が、自殺をするような感じはありましたか？」

「いいえ、そんなものは、全くなかったわ」

と、一人が、いった。

「それは、どうしてですか？」

「実は、一昨日が、彼女の、お誕生日だったんですよ。昨日会ったら、とても、嬉しそうにしていたから、どうしたのと、きいたら、黙って、カルティエの腕時計を、見せてくれたんです。おそらく、彼氏から、誕生日のお祝いに、贈られたんじゃないかしら。とても、嬉しそうだったから、その翌日に、自殺するなんて、とても、考えられない」

と、もう一人が、いった。

「そうですか、五月十八日が、金子真紀子さんの、誕生日だったんですか」

「そうですよ。一応、私たちも、ささやかなプレゼントを贈りましたけど」

「金子さんの親友がいるんですよ。この水島和江さんが、五月十五日に、岐阜で、十一歳年上の藤本智之さんという男性と、無理心中を、図って亡くなったんです。この二人のことを、金子さから聞いたことがありますか？」

「いいえ、私は、一度も、聞いたこと、ありません」

と、一人が、いい、もう一人は、

「たしか、五月の、十六日だったと思うんですけど、金子さんが、仲の良かった私の友だちが、死んじゃったのと、ポツリと、いったのを覚えています。たぶん、それが、今、刑事さんのいわれた、岐阜の心中事件のことだったんじゃないかしら」

2

金子真紀子の死が、他殺の可能性が強いということで、捜査本部が、三鷹警察署に、設けられた。

そこで、第一回の、捜査会議が開かれた。

十津川は、三上捜査本部長に、他殺の可能性が強い理由を説明した。

「第一に、遺書が、ありません。第二に、いつも持っているはずの、携帯電話が無くなっています。第三に、十八日が、彼女の誕生日で、恋人からと思われる、カルティエの腕時計をプレゼントされて、喜んでいました。それを知っている会社の同僚二人、女友だちですが、彼女たちは、金子さんが、自殺するはずはないと、証言しています」

「しかし、殺人なら、もちろん、犯人がいるわけだろう？　犯人が、金子真紀子を殺す動機は、何なのかね？」

三上本部長が、きく。

「捜査は、始まったばかりなので、はっきりしたことは、いえませんが、金子真紀子が勤めていた、M製薬に行き、いろいろときいたところでは、彼女自身には、殺される理由が発見できません。彼女は、明るく元気な性格で、社内でも好かれていたといいますし、カルティエの腕時計を、プレゼントしてくれるような恋人も、いたようですから」

「彼女自身には、殺される理由がないというのは、どういう意味かね？」

「五月十五日に、岐阜の長良川で、鵜飼いを見ながら、心中を図った男女がいます。男は、三十六歳で、女は、男より十一歳若い二十五歳です。今のところ、妻のある、年上の男が好きになった二十五歳の女が、無理心中を図って、彼女だけが、死んでしまい、男は生き残ったと、みられています。この無理心中を図った水島和江は、金子真紀子の親友なのです。岐阜県警が調べたところによると、心中に使われた薬は、M製薬が作っている、強力な睡眠薬で、それを飲んで、女は死に、男は助かったわけです。この睡眠薬ですが、手に入れるためには、医師の処方箋（しょほうせん）が、必要です。製造しているM製薬の、工場の管理課に、金子真紀子は勤めていましたから、この睡眠薬を手に入れるのは、比較的簡単だったのではないかと思うのです。その睡眠薬を、金子真紀子は、親友の水島和江に渡し、水島和江は、十一歳年上の藤本智之という男と無理心中を、図ったとも考えられます。まだ、はっきりとはいえませんが、五月十五日、今から五日前に起きた無理心中事件が、今回、金子真紀子が殺される理由に、なったのではないかと、考えているのですが」

十津川が、いうと、三上は、十津川の顔を見ながら、

「ちょっと待ちたまえ」

と、いった。

「君のいうことは、少しばかり、おかしいんじゃないのか？　いいかね、五月十五日に、起きたのは、心中事件だよ。誰かが、そのカップルを殺そうとしたわけじゃないんだ。女が睡眠薬を使って、二人で死のうと思ったらしいが、第三者の犯人が、いたわけじゃない。つまり、自分自身でやったことなんだ。今度の金子真紀子の場合は、自殺でなければ、第三者の犯人がいるわけだろう？　心中事件には、犯人がいない。自分自身が犯人だからね。それなのに、どうして、岐阜の無理心中が原因で、金子真紀子が、殺されなければいけないんだ？」

「たしかに、部長がいわれることは、その通りです。今のところ、金子真紀子には、殺される理由が見つかりません。唯一、引っ掛かってくるのが、長良川の鵜飼い見物中の屋形船の中での、無理心中、それだけなんです。女同士が親友であること、無理心中に使った睡眠薬が、金子真紀子の働いていた、M製薬で作られていること、今のところ、そのことしか、ないんです」

「それも、少しばかり、おかしいんじゃないの

かね？　いいかね、君が考えているのは、五月十五日の心中事件で、水島和江という女が使ったのは、M製薬で、作っている睡眠薬だった。和江は親友の金子真紀子に頼んで、それを手に入れた。それで、金子真紀子が、自責の念にかられていたというのは、納得できる。自分が渡した睡眠薬を使って、親友が、無理心中を図り、死んでしまったんだからね。しかし、そうでは、なくて、殺されたわけだろう？　それでは、納得できないじゃないか？」

たしかに、三上本部長のいう通りなのだ。

親友が、無理心中に使った、睡眠薬を用意したのが、金子真紀子ならば、自責の念にかられて自殺するのは、わかる。

しかし、遺書もなく、自殺する理由も、ない。

だからといって、彼女が殺される理由も、ないのである。

3

今回の、長良川の心中事件について、もちろん地元の岐阜県警が、何もしなかったというわけではなかった。

県警が、最初に、疑問を持ったのは、女性が死亡し、男性は現在、入院中だが、助かったことである。当然考えられるのは、心中に見せかけた、殺人事件ではないのかという疑問だった。

そこで、警視庁とも連絡を取って、心中事件を引き起こした男女について、調べることにした。

男、藤本智之、三十六歳は、一流企業のR重工の業務課長である。そして、三十歳の時に、現在の妻、涼子と結婚している。

涼子は、R重工の副社長、足立秀成の長女である。

女、水島和江は、六本木にある、小さいが、しゃれた雰囲気のクラブのママで、五人のホステスを、使っている。

藤本智之は、その店を、仕事の接待で使ったり、個人的に、飲みに行ったりしているうちに、ママの水島和江と親しくなり、それが、今度の心中事件に、発展したのだろうと、警視庁が、岐阜県警に、回答してきた。

マスコミは、水島和江が、不倫関係のもつれから、前途を悲観し、心中を図ったとして、報道していたが、岐阜県警は、逆に、助かった男のほうが、不倫関係を清算しようとして、心中に、見せかけて、水島和江を殺そうとしたのではないかとも、見ていた。

問題は、二人が飲んだ睡眠薬の量である。

もし、死んだ女、水島和江が飲んだ量が多く、致死量を超えていて、逆に、助かった男、藤本智之の飲んだ睡眠薬の量が、少なくて、致死量に達していなければ、藤本智之が、心中に見せかけて、女を殺した可能性が、高まってくる。

そう考え、二人を診察した救急病院の医師に、岐阜県警の刑事が、質問した。

「助かった男性よりも、死んだ女性が飲んだ睡眠薬の量が多かったということはありませんでしたか?」

「二人が飲んだ睡眠薬の量は、ほぼ、同じです」

と、医師が、答えた。

「致死量よりも、多かったのですか?」

「いや、致死量スレスレと、考えていただいて結構です」

「女性が死に、男性が、助かった。それは、どうしてでしょうか？」

「その点は、さまざまな、理由が考えられますよ。例えば、男性と女性の体力の差も、あるでしょうし、個人差もありますし、今回使われた睡眠薬に対する、抵抗力の違いも考えられますからね。これはと断定できる理由は、今のところ、医者である私にも、わかりません」

「致死量に近かったけれども、致死量ではなかった。そういうことですか？」

「通常の大人が、飲んだ場合の致死量ということです。しかし、人によって違いますから、危険な量だったことは、間違いありません」

と、医師は、いった。

「助かった藤本さんは、いつ頃、退院できるのですか？」

「一週間は、静養していただきたいと思っています」

「一週間で退院ですか？」

「こちらでは、そう、見ています」

岐阜県警では、こうした医師の話を、そのまま、警視庁に知らせることにした。

警視庁では、岐阜県警からの、報告を受けて、二回目の捜査会議を開いた。

「岐阜県警からの、報告によれば、今回の心中事件について、心中に見せかけた殺人という線は、どうやら、否定しているようだな」

と、三上本部長が、いった。

「マスコミは、水島和江が、妻のいる藤本智之と、結婚できないことに絶望して、無理心中を図った。大方の新聞や雑誌、テレビは、その線で報道していますが、岐阜県警は、どう断定したのでしょうか？」

西本刑事が、三上本部長に、きいた。

「最初、岐阜県警は、助かった男が、不倫関係を、清算しようとして、心中に見せかけて、女を殺したと、考えていた。しかし、二人を診察した医者が、二人の飲んだ睡眠薬の量が、同じだったと証言したことから、今は、どちらが、犯人とは、断定せず、普通の、というのもおかしいが、普通にある、心中事件と断定したらしい」

「なるほど」

西本が、相槌を打つと、三上本部長は、続けて、

「藤本智之は、現在も、岐阜市内の病院に入院していて、岐阜県警の話では、あと一週間の入院が、必要らしい」

と、いった。

「藤本智之は、たしか一流企業の課長でしたね？」

亀井が、いった。

「ああ、R重工の、業務課長をやっている。彼の妻、名前は、涼子というのだが、彼女は、R重工の副社長の娘だ。大人しくしていれば、奥さんの父親が、R重工の、副社長なんだから、前途洋洋だったわけだが、何か、魔がさしたんだな？」

と、三上本部長が、いった。

「バカな男ですね」

と、日下刑事が、いった。

「岐阜で起きた心中事件は、あくまでも、岐阜県警の管轄だ。だから、われわれとしては、金子真紀子の事件の捜査に、全力を尽くすことに

したい。金子真紀子は、自殺ではなく、殺されたと考えて、捜査を、進めていく」

「殺人ならば、犯人の動機が問題ですね」

と、十津川が、いった。

第二章　マネージャーの男

1

雑誌「旅ロマン」の編集者、木本を、突然、本堂始という男が、訪ねてきた。

全く知らない名前だが、長良川で、心中事件を起こして死んだ、水島和江の知り合いだというので、会うことにした。

木本は、雑誌の編集者ということで、日頃から、さまざまな人間に、会う機会が多い。たいていの人間は、その人間にふさわしい匂いというか、雰囲気を、持っているものである。

政治家には、政治家の匂いがあるし、サラリーマンには、サラリーマンの、匂いというものがある。

今、目の前にいる本堂始という男には、風俗の匂いがした。

背広の下の、純白のワイシャツのボタンが、上から三つ目辺りまで、留めていないので、襟元が開いている。その胸元の開き具合が、いかにも、風俗の男という感じなのである。

「本堂さんですね？」

木本が、確認するように、いうと、男は、ニヤッとして、

「本堂始です。ママの店で、マネージャーをやっておりました」

妙に丁寧な口調で、いう。

「ママ？」

「そうです。岐阜で亡くなった和江ママ、水島和江ですよ。私は、彼女の店で、マネージャーをやっておりました」

と、本堂が、いう。

「あ、なるほど。それで、店は、どうなりましたか？　たしか、クラブ和江という店でしたね？」

「ママ目当てのお客様で、もっていた、小さな店でしたから、ママが亡くなった途端に、潰れてしまいましたよ」

「じゃあ、大変でしたね」

「いや、別に。こういうことには、慣れておりますす。潰れようがどうしようが、一向に構わないのですが、一応、私もホステスも、あの店で働いておりましたので、何かママからの、私たちに対する、遺言のようなものはないかと、思っているんです。それに、私は構いませんが、ホステスの中には、ママから、先月分の、給料をもらっていないので、困っている者も、おりましてね」

本堂は、相変わらず、バカ丁寧な口調でいう。

「お話は、よくわかりましたが、僕にいわれても困りますね」

木本が、警戒するように、いうと、本堂は、小さく笑って、

「いや、別に、木本さんに、何かをお願いするということじゃ、ありません。今、申し上げたように、私やホステスたちに、ママが、何か、いい遺したのではないかと、そう思いましてね。向こうの警察に、問い合わせの電話を、したん

「向こうの警察? ああ、岐阜県警ですね。それで、どんな返事が、あったんですか?」

「それが、現在、まだ捜査中だから、何も答えられない。そういわれてしまいましてね」

「岐阜県警は、現在、まだ、捜査中だといったんですか?」

「ええ、そうなんです」

「まだ何か、調べることが、あるんだろうか?」

これは、木本が、独り言に、いったのである。

「それで、今日ももう一度、向こうの警察に電話をしたのですが、答えは、前回と全く同じでした。捜査中だから、今は、何も答えられない。その一点張りなんですよ。まあ、私は、それでも、いいんですが、ホステスの中には、ママが、何か、いい遺したことが、あるんじゃないかと、思っている者も、おりましてね。ひょっとすると、先月分のお給料を、まだもらっていないから、亡くなる前に、送っておいたとか、そういう、嬉しい言葉を聞きたかった者も、おりますのでね。それで、木本さんは、心中事件の時に、その場に、居合わせた方だそうですから、何か、お聞きになったのではないかと思いましてね。

こちらに伺ってみたんですよ」

「たしかに、僕は、その場に、居合わせましたがね、しかし、少しばかり異常な死に方なので、すぐ、岐阜県警が、捜査を始めたんですよ。それで、僕とカメラマンは、何も、できなくなりましてね」

「そうですか。ママが、心中するとは、どうしても思えなかったものですから。遺書のようなものも、なかったんでしょうか?」

「いや、僕が見た限りでは、そのようなものは、何も、ありませんでしたね。もし、あったとしたら、たぶん、今は、岐阜県警が押収したでしょうから、それも県警に、きいてみたらいかがですか？」

「もちろん、遺書のこともきいたんですけどね。全て、捜査中だからといって、何も答えてくれないのですよ」

「本堂さんは、いつから、クラブ和江で働いていらっしゃるんですか？」

「一年半くらいです」

「ひょっとすると、亡くなった水島和江さんと本堂さんは、いい仲だったんじゃ、ありませんか？　それで、本堂さんは、いろいろと、和江さんのことを、聞きたがっている。違いますか？」

木本が、きくと、本堂は、笑って、

「いや、それは、ありません。私とママは、そんな関係じゃないですよ。私は、あくまでも、店では、黒子（くろこ）のようなものです。でも、お客の智之さんがママに、好意以上のものを持っていたのは、知っていましたよ」

「智之さん？」

「藤本智之さんですよ。ママと心中を図った、大会社の、エリート課長さんですね。女性には、とにかく、優しい人でした。ただ、こんなことになるとは、思っていませんでした」

「水島和江さんと、藤本智之さんとは、男と女の関係だったのですか？」

「ママには、好きな人が、いたんですよ」

「好きな人？　それは誰ですか？」

「それは、今は、答えられません」

「そうですか。ところで、客の藤本智之さんには、奥さんがいたわけでしょう？　ママと藤本さんとが、最後は、どうなると思っていたんですか？」

「私なんかから見ると、こんな関係は、別に珍しいことではありません。妻子のあるお客さんがママに惚れてしまうというのは、水商売の世界では、よくあることですから。まあ、たいていは、少しばかり高価なもの、例えば、マンションを買ってもらうとか、外車を買ってもらうとか、現金を貰うとかで、そんなことで別れるものなんです。そんなケースを、いくつも、見てきました」

「じゃあ、ママの、和江さんと、客の藤本智之さんも、そういうことになると、思っていたんですか？」

「ただ、ママは、智之さんのことは、常連のお客さん以上には思っていませんでしたから」

「それが、心中まで行ってしまった。本堂さんにも、予想できませんでしたか？」

木本が、きくと、本堂は、

「そうですね」

と、少し考えていたが、

「ひょっとすると、危ないなと、思った時もありましたね」

「どんな時ですか？」

「一カ月くらい前でしたかね。店が終わって、ホステスたちが、みんな帰ってしまって、私とママの二人だけになったことがありましてね。午前二時近かったかな。ママが、カウンターに置いていた携帯に、智之さんからメールが入ったんです。そのメールの文章は、今でも、よく、覚えていますけどね。『死ぬ気で君と愛し合ってみたい　智之』となっていました。私は、そのメールは、見ていないことにしたんですが、ママは、それを見て、少し、複雑な表情を、していました」

「それが、一カ月くらい前ですか？」

「そうです。ちょうど一カ月くらい前ですね。それにしても、あれから、ママが、本気になってしまったとも思えないんです」

本堂は、最後に、こんな言葉を残して、帰っていった。

「私のような男が、いくら、お願いしたところで、警察というところは、まともに、相手をしてくれないんですよ。ですから、ジャーナリストの、木本さんが、機会を見て、岐阜県警に話してみて、もらえませんか？　私や、ホステスたちに宛てた、ママの遺書があったら、ぜひ見たいのですよ。お願いします」

2

木本はすぐ、デスクに、本堂のことを話した。

「彼の話を聞いていて、もう一度、岐阜に行ってみたくなりました」

「何か、感じたのか？」

編集長が、きく。

「どうも、ただの心中事件ではないような、気がしてきたのです」

木本が、いうと、編集長は、笑った。

「あのなあ、ただの、心中事件なんていうものは、元々、ありゃあせんよ。どんな心中事件にだって、いろいろと、事情があるものさ。何しろ、追い詰められた挙句に、男と女が、一緒に死ぬんだからね。男が、夢中だったのか、逆に、女のほうが、自分から、離れようとする男を無理矢理誘って、心中事件を起こしたのか、それはわからないが、いずれにしても、普通のことじゃない。また、心中事件を起こされると、家族は、大迷惑だ。だから、ただの心中なんてものは、最初から、存在しないんだ。それに『旅ロマン』の扱う事件では、ないんだよ」

「たしかに、そうですが、長良川の心中事件は、僕は、女のほうが、誘ったんだと、思っていたんです」

「俺だって、そうだ。今でも、そう思っているよ」

編集長は、うなずいてから、

「違うのか？」

「店のマネージャーの話によると、男が、深夜、女の携帯に、『死ぬ気で君と愛し合ってみたい』、こんなメールを、送ってきたことがあるというんですよ」

「死ぬ気で愛し合ってみたいか、なかなかいいセリフじゃないか？　本当に、男のほうから女の携帯に、メールで、送られてきたのか？」

「ええ、男のほうからです。それで、本堂というマネージャーは、メールを見た時、少し危ないなと、思ったそうです」

「それが事実なら、心中しようと誘ったのは、女のほうじゃなくて、男のほうということになってくるな」

「そんなこともあるので、もう一度、岐阜に、行ってきたいんですよ」

編集長が、考え込んでいると、木本は、言葉を続けて、

「心中事件の真相は、もっと、面白いことかもしれませんよ。『旅ロマン』には向いてなくても、意外な事実があるかもしれませんよ」

と、いった。

編集長は、まだしばらく、考えていたが、

「よし、カメラマンの井上君を連れて、もう一度、長良川に、行ってこい」

と、木本にいった。

3

翌日、木本と井上有紀の二人は、鵜匠(うしょう)の二つの家、山下家と杉山家のうち、杉山家が、長良川沿いで、大きなホテルを経営しているので、そこにチェックインすることにした。いろいろな情報が、入ってくるのではないかと、思ったからだった。

ホテルすぎやまに、チェックインする。

フロントできくと、あの、心中事件があった後も、長良川の鵜飼いは、変わらずに、ずっと続けていると、教えられた。

ロビーにあった、地元の新聞何紙かを、二人で読んでみたが、五月十五日の心中事件についての記事は、一つも、見当たらなかった。

今日は、五月二十五日である。あの心中事件から、ちょうど、十日が経っている。十日も過ぎれば、誰も、あの心中事件には、興味を持たなくなるのだろうか？

ただ一紙だけ、長良川新報という新聞の社会面に、次のような、小さな記事を、木本が見つけた。

「藤本智之さん、退院延期」

う」

これが見出しで、記事は、こうなっていた。

「五月十五日に催された長良川の鵜飼いで、屋形船に乗って、鵜飼いを見物していた東京からの観光客、藤本智之さん（36）と、水島和江さん（25）が、睡眠薬を多量に飲んで心中を図った。

藤本智之さんのほうは、一命を取り留め、退院の予定だったが、ここに来て体調が思わしくなく、退院を延期して体調の回復を、待つことになった。

藤本さんが入院している病院の医師によると、藤本さんは、身体的には、順調に、回復に向かっていたのだが、思いのほか、精神的なショックが大きく、さらに養生することになったとい

う」

これが、短い記事の全文だった。

「やっぱり、心中事件なんかを、起こすと、たとえ助かったとしても、精神的に参ってしまうんだな」

木本が、いうと、有紀は、ニッコリして、

「当然よね。だって、死ぬ気で心中を図ったのに、男のほうだけが、助かっちゃったんだもの。これ以上の、不公平はないわ。だから、助かった男のほうに、神様は、少しばかり、天罰を加えたんだと思うわ」

と、いった。

「奥さんから、離婚を迫られたり、会社を、クビになるようなことが、あったのかもしれないが、ほかにも理由が、あるんじゃないかと、思

うね」

　と、木本が、いった。

「それ以外にも、理由があるの？」

「ここに来る途中でも、話したじゃないか。亡くなった、水島和江の店で、マネージャーをやっていた本堂という男のことだよ。彼がいうには、詳しいことを、知ろうとして、岐阜県警に問い合わせたら、事件は捜査中なので、今は、何も、答えられないといわれたというんだ。それが事実なら、岐阜県警は、事件の再捜査を、始めたことになる。なぜなのか？」

「ふーん」

　と、有紀は、鼻を鳴らしてから、急に、

「ノドが渇いたわ」

　と、いった。

　二人は、ロビーにある、ティールームに移って、木本はコーヒーを頼み、有紀は甘いものがいいというので、ココアを注文した。

　有紀は、運ばれてきたココアを、飲んでから、

「どうして、ここの警察は、再捜査なんか始めたのかしら？　だって、これは合意の上の心中事件で、別に怪しいところなんて、何もなかったんじゃないの？」

「事件直後に、男が『やられた』といったと、報道されたけど、その後、二人が飲んだ睡眠薬は、ほとんど同じ量だったと、医者がいっている。つまり、今回の事件は、男と女のどちらかが、相手を、殺そうとして、心中事件を起こしたんじゃない。二人で一緒に死のうとした心中事件なんだ」

「それなら、どうして、ここの警察は、再捜査なんかするのよ？」

有紀が、文句をいった。

木本は、笑って、

「僕に、文句をいわれたって困るよ」

「お客さん」

と、木本は、声をかけられた。

振り向くと、浴衣(ゆかた)に、鉢巻(はちまき)という、格好の男が二人、こちらを見て、ニコニコ笑っている。

五月十五日に、木本と有紀が、屋形船に乗って、鵜飼いを見物した時、その屋形船に乗っていて、いろいろと、世話をしてくれた二人の船員だった。

「あらッ」

と、有紀は、立ち上がって、

「たしか、海島さんでしたわね？」

「そうです。海島です。覚えていてくださったんですか」

海島は、相変わらず、ニコニコ笑いながら、

「お二人は、また、何かの、取材に来たんですか？」

「まあ、そんなところだけど、時間があれば、海島さんに、ちょっと、お話を聞きたいんだけど」

と、木本が、いった。

海島の連れの船員が、

「俺はこれから、船着き場のほうに、行ってくるよ」

と、いい、海島も、

「俺も、後から行くよ」

と、いっている。

連れの船員が、ロビーから、出ていくと、海島は、二人のテーブルに、寄ってきて、

「ききたいことって、どんなことですか？」

と、きいた。

「実は、五月十五日の心中事件のその後というのを、取材に来たんですよ」

と、木本が、いった。

「ロビーで、こちらの地元新聞を読んでいたら、心中事件で、助かった男、藤本智之という人なんだけど、精神的に参ってしまって、退院を延期したって、書いてあったんですよ。海島さんは、そのことを、知っていましたか？」

「この辺の人は、みんな、知っていますよ」

海島が、いった。

「それで、皆さんは、どう、思っているんでしょう？」

「心中事件で、女のほうは死んだけど、男のほうだけ助かったんだから、よかった、よかったなんていうヤツは、一人もいませんよ」

「つまり、みんな、死んだ女性のほうに、同情的というわけ？」

と、有紀が、きいた。

「そりゃあ、そうですよ。当り前でしょう」

「海島さんは、死んだ女性がクラブのママで、ちょっと色っぽい美人だったから、なおさらそうなんでしょう？」

と、有紀が、笑いながら、いった。

海島は、

「へへ」

と、笑って、

「俺は男だから、どうしたって女のほうに同情しますよ」

「あ、ごめん、何か頼んで」

と、木本が、いい、海島は、アイスコーヒーを注文した。

「もう一つ、気になることがあるんですけどね」

と、木本が、いった。

「今頃になって、岐阜県警が、心中事件について再捜査しているというウワサがあるんですよ。どうして、再捜査をすることになったのか、何か聞いていませんか？」

「再捜査って、それは、単なるウワサでしょう？」

と、海島が、いい、運ばれてきたアイスコーヒーを、ぐいっと飲んだ。

「ウワサですか？　しかし、岐阜県警に電話をしたら、今、改めて捜査をしている最中だから、あの事件については何もしゃべれないと、いわれた人がいるんですよ」

木本が、いうと、海島は、

「ちょっと待ってくださいよ」

と、いって、ティールームを出ていくと、離れた場所で、どこかに携帯をかけていたが、二、三分して戻ってくると、

「五月十五日に、お二人と、心中したカップルが一緒に乗った鵜飼い見物の屋形船があったでしょう？」

「ええ」

「今、その船長に、電話で確認してみたんですけどね。そうしたら、昨日、警察の人が訪ねてきて、改めて五月十五日の船内の様子を、いろいろときいていったというんですよ。だから、警察が再捜査を始めたというのは、本当かもしれませんね」

と、木本と有紀の二人に、いった。

やはり、県警が再捜査を始めたのは、本当の

ことらしい。

「しかし、なぜ、再捜査なんか始めたんだろう？」

木本は、首を傾げた。

心中事件が起きて、女が死に、男だけが助かった。そこで警察は、男のほうが無理心中に見せかけて、女を殺したのではないのかと、そう考えて、男を疑ったのは、まず間違いない。

もし、逆に、男が死んで、女のほうだけが助かったのならば、警察は当然、女のほうを疑うだろう。

だが、医者が調べたところ、二人の飲んだ睡眠薬の量は、どちらもほぼ同じだということが判明した。それで、たしか、警察は、男、藤本智之を疑うことを止めたのではなかったのか？

「医者が、新たな証言をしたんじゃないかしら？」

と、いったのは、有紀だった。

「医者の証言？」

「心中事件が起きた直後は、調べた医者が、二人の飲んだ睡眠薬の量は、ほぼ同じだったと、そう証言したでしょう？　でも、詳しく調べたら、女性よりも、男性の飲んだ睡眠薬の量のほうが少なかった。それがわかったので、警察は、藤本智之のほうを、疑って、再捜査を始めたんじゃないかしら？　それで、藤本智之は一層、精神的に参ってしまって、退院延期ということになってしまった。退院はいつになるかわからない。そんなところじゃないかしら？」

と、有紀が、いった。

4

海島が、

「これから屋形船の用意をしなければならないので」

といって、帰っていった後、木本は、東京の編集長に、電話をかけた。

「こちらで調べたら、どうも岐阜県警が再捜査を始めたのは、単なるウワサではありません。本当のようです」

と、木本が、いった。

「再捜査を始めた理由は、いったい、何なんだ？」

「それはわかりません」

「わからなければ、すぐに行って、きいて来い！」

編集長が、怒鳴った。

二人は、いったん部屋に入り、荷物を置いた後、今度はタクシーを呼んでもらって、所轄の岐阜中警察署に向かった。

警察署に着くと、受付の担当者に、木本は、「旅ロマン」の名刺を見せ、井上有紀のほうは、同じくカメラマンの名刺を渡して、署長に会いたいといったのだが、会えたのは末永という副署長だった。

まず、木本が、末永副署長に向かって、

「私たちは、心中事件のあった五月十五日に、長良川の鵜飼いを取材していたのです。すると、その同じ船で、藤本智之と水島和江の二人が、心中事件を起こしたのを、目撃しているのです。ですから、ぜひ、再捜査の理由を話していただけませんか？」

　と、いった。

「理由は、申し上げられません」

　と、末永は、木で鼻をくくったような、素っ気ない、いい方をした。

「しかし、再捜査をするのですから、何か理由があるわけでしょう？　その理由を、何とか教えてもらえませんかね？」

「現在、まだ再捜査の途中ですから、何か結論が出てくるまでは、何も申し上げられません」

　と、末永は、頑なに、いう。

「どうして、ダメなんですか？　私たち二人は、わざわざ東京から取材に来たんですから、せめて再捜査の理由ぐらいは教えてもらえませんか？」

　と、木本が、食い下がった。

「ですから、今も申し上げたように、まだ捜査の途中ですから、何も申し上げられないのですよ。捜査が終わって、何か結論が出れば、その時には、全てお話ししますよ」

　と、末永が、いったが、木本は、まだ諦めずに、

「しかし、何か理由がなければ、すでに捜査を終了した事件を、警察は、再捜査なんかしませんよね？　ですから、何か疑問か、不審な点が出てきたから、また調査を始めたのでしょう？　違いますか？」

「まあ、たしかに理由なしに、われわれ警察も動きませんからね」

　と、末永が、いう。

「五月十五日の時点では、死んだ女性と助かった男性とは、飲んだ睡眠薬の量が違うのではないか？　男のほうは、飲んだ睡眠薬の量が少な

かったので、助かったのではないか？　そんな疑いがあったと思います。しかし、医者の証言で、二人とも、ほぼ、同じ量の睡眠薬を飲んだことが判明した。それで、心中事件だと断定されて、捜査は、そこで打ち切りになった。私たちは、そう考えているのですが、もしかすると、その医者の証言が、ここに来て違ってきたのではありませんか？　つまり、助かった男性のほうが飲んだ睡眠薬の量が、少なかったのではありませんか？　そうなると、心中に見せかけた殺人の可能性が出てきますからね。それで、県警は、再捜査に踏み切ったのではありませんか？」

「何もいえませんね」

「しかし、ほかに、再捜査の理由なんて、ないじゃありませんか？」

少し怒ったような口調で、木本が、末永を見ながら、いった。

木本が、いくら必死になって食い下がっても、末永副署長は、ただ黙って、笑っているだけである。

（これ以上粘っても、この副署長が、何かをしゃべってくれることはないだろう）

と、木本は、思った。

警察の口が堅いのならば、地元の新聞社にきくより仕方がない。

二人は、岐阜中警察署を出ると、今度は、ロビーで読んだ長良川新報という地元の新聞社に行ってみることにした。その新聞社だけが、藤本智之の退院が延期したことを記事にしていたからだった。

長良川新報は、長良川沿いにある小さな新聞社だった。

ここでも、木本は、名刺を差し出してから、今日読んだ新聞記事のことを話し、この記事を書いた記者に会いたいといった。

十分ほどして出てきたのは、鈴木というデスクだった。

「私たちは、東京から取材に来て、今、ホテルすぎやまに泊まっているのですが、ロビーで、お宅の新聞の記事を読みました。ほかの新聞には載っていませんでしたが、こちらの長良川新報にだけ、心中事件で助かった藤本智之さんの、退院が延期されたことが載っていました。やっぱり、精神的に参っているのかなと思ったのですが、するとと、岐阜県警が、五月十五日の心中事件を再捜査していると、聞こえてきたんですよ。それで、警察にきいたら、捜査中のことに関しては、何も答えられない。捜査が終了したら発表する。そんな差しさわりのない、答えしか聞けなかったんですよ。それで、こちらなら、本当の話が聞けるのではないかと思って、お伺いしたのです。どうして、事件から十日もすぎた今になって、再捜査を始めたのか、それを、ぜひ教えて、いただけませんか？」

と、木本が、いった。

鈴木というデスクは、

「うーん」

と、唸(うな)ってから、

「正直にいうと、実は、私たちにも、わからないんですよ。もちろん、記者会見の時に、ききましたよ。どうして、再捜査を始めたのかって。そうすると、あなたが今、いったのと同じく、現在捜査中だから、何も、話せないというばかりでしてね。いくらきいても、暖簾(のれん)に腕押しでした」

「警察は、地元のマスコミにも、話してくれないのですか？」

「ええ、話してくれません」

「だとすると、残るのは、今、藤本智之が入院している病院の医者ですね。事件直後に、二人を診察した医者なら、何か事情を知っているんじゃありませんか？」

木本が、いうと、鈴木デスクは、手を小さく振って、

「その線は、全くダメですね。ウチだって、医者は、マークしました。医者の証言で、県警が、再捜査を始めたんだろうと思いましたからね。しかし、ダメでした。医者も、警察から堅く、口止めされているんですよ。いくらきいても、何もわからない、何も知らないの、一点張りです」

「そうですか、何も話してくれませんか？」

「ええ、そうです」

「どうなっているんですかね？」

「それは、わかりませんけどね。そうだ、お時間が、あるのなら、ゆっくり、話しませんか？」

そういって、鈴木デスクは、二人を応接室に案内した。お茶を出してくれる。

その後で、鈴木は、

「東京でも、この心中事件は、騒がれているんですか？」

と、きく。

「そんなには、騒いでいません。事件があった次の日には、何紙かに載りましたが、今はもう、新聞にも雑誌にも、載っていませんね。ただ、

僕たちは、いわば、事件の目撃者ですから、こうやって、また、調べに来ているんです」

と、木本が、いった。

「警視庁は、どうですか？　たしか、水島和江の友人が、殺されたとか」

「ええ。心中事件の直後に、東京で、金子真紀子という女性が、同じ睡眠薬を、多量に飲んで死亡するという事件がありました。他殺の可能性が強いというので、警視庁が、この事件を、調べています。金子真紀子は、こちらで死んだ水島和江の親友でしたし、金子真紀子が働いていたM製薬で、心中に使われた睡眠薬が、製造されているので、東京でも、警視庁が動いているんです」

「なるほど、東京では、そういう形で、警察が動いているんですか」

「岐阜県警の再捜査ですが、鈴木さんは、どう、考えていらっしゃるんですか？　地元のマスコミの意見も、聞きたいんです」

と、木本が、いった。

「あくまでも私の個人的な意見ですが、警察の再捜査を、こう解釈しています」

鈴木が、いった。

「それは、男と女の飲んだ睡眠薬の量が、違っていたということです。それも、助かった男のほうが、量が、少なかったということです。そうなると、当然、心中に見せかけた殺人ということが、考えられますからね。それで、岐阜県警が、再捜査することになった、と」

「そうですか、鈴木さんも、そういう意見ですか？　実は、僕も彼女も、同じ意見なんです。鈴木さんがいわれたように、それ以外に、再捜査をする理由は、ありませんからね。ただ、どうしても、わからないのは、どうして県警が、黙っているのかということです」

「それは、藤本智之という、男の地位が、問題になっているんじゃないかと、思いますね。R重工という大企業の業務課長、奥さんは、その会社の副社長の娘です。今流行(はや)りの言葉でいえば、セレブ一家でしょう。その重役の義理の息子が、睡眠薬を使って、女を殺した。そういう、ウワサが流れただけで、いろいろと、影響するところが大きいから、それで、今の段階では、再捜査の理由をいわないんじゃないか？　R重工の副社長なら、有力政治家とも知り合いでしょうしね。そんなことも考慮してのことだと、まあ、勝手に、私は、推測しているんですが」

5

その頃、東京では、金子真紀子殺人事件の捜査本部で、三回目の捜査会議が開かれていた。

岐阜県警が、五月十五日の長良川心中事件について、再捜査を始めたという知らせは、警視庁にも入っていた。それで、今日の捜査会議では、そのことがまず、問題になった。

十津川が、話した。

「岐阜県警では、再捜査を始めたと知らせてきました。理由は、いってきていませんが、想像はつきます。心中事件ではありますが、助かった男のほう、藤本智之が、女を心中に見せかけて、殺した疑いが捨てきれないので、再捜査を始めたに違いありません。向こうで、そういう動きが出てきたということは、水島和江の親友だった金子真紀子が東京で殺されたことも、影響があると、思っています。われわれは、金子真紀子の殺人事件についての捜査を行っていますが、これからも、岐阜での事件、水島和江の死についても視野に入れながら、捜査を進める必要があると、考えています」

「今の十津川警部の考えには、私も、全面的に賛成だ」

　捜査本部長の三上が、いった。

「ただし、五月十五日に岐阜で起きた事件と、五月十九日に、東京で起きた殺人事件と、どう関係があるのか、ないのか、まだ、わかっていません。長良川心中事件が、心中に見せかけた、男、藤本智之による、クラブのママ、水島和江殺しだったとしても、犯人の藤本智之は、現在も、岐阜の病院に、入院しています。ですから、藤本智之が、四日後に、東京で金子真紀子を殺したということは、あり得ません」

「しかし、二つの事件の間に、何らかの関連があるはずだとは、思っているんだろう？」

「はい。関連があると、確信しています」

　十津川は、強い口調で、いった。

「それで、これから捜査を、進めるに当たって、留意するべきことが、何かあるかね？」

　三上が、きくと、

「あります」

　十津川は、チョークを持って、黒板に書いていった。

一、岐阜の心中事件で、使用された睡眠薬ネルトンNは、金子真紀子が働いていたM製薬で、製造されている。したがって、この睡眠薬を、金子真紀子が、盗み出すことは、可能だった。

二、五月十六日、金子真紀子は、友人に、昨日、親友の水島和江が、岐阜で死んでしまったといって、悲しんでいたと、いうから、岐阜の事件は、知っていたことになる。

三、金子真紀子の携帯電話が、なくなっている。彼女を殺した犯人が、持ち去った可能性が大きい。

四、五月十八日が、金子真紀子の誕生日である。翌日五月十九日に、金子真紀子が、同僚の女性に、彼氏からのプレゼントだと思われる腕時計を、見せている。おそらく、前日十八日の誕生日に、彼氏から、その時計カルティエをプレゼントされたのだろう。

「これが、今までにわかった、被害者、金子真紀子に、関することです」

金子真紀子の大きな写真も、黒板に、ピンで止めてある。

「この顔写真や、今までに、わかったことを見ると、平凡な女性という感じですね」

と、亀井が、いった。

「岐阜で死んだ水島和江のように、飛び抜けて美人ではないし、平凡な容貌の二十五歳の女性で、その平凡さが、人々から好かれていたのかも、しれません。五月十八日の誕生日に、恋人から、腕時計をプレゼントされ、それを嬉しそうに見せていたというところにも、金子真紀子の人の良さが表れているように思います。彼女の携帯が、紛失したとありますが、犯人と通話したとか、何か犯人の手がかりが残されていた、という可能性が高いですね」

と、西本が、いった。

捜査会議が終わると、十津川は亀井と二人で、三鷹(みたか)市内にある、金子真紀子の自宅マンションに出かけた。

七階の1LDKの部屋である。

七〇二号室の前には、部屋の保全のためにテープが、張られている。このテープを持ち上げるようにして、二人の刑事は、部屋の中に入った。

五月二十日の午前八時頃、七階の住人が、何か強い臭いがすると、管理人に通報し、管理人が、部屋を調べたところ、ガスが充満していたので、窓を開けて、ガスを出し、その後、寝室で、住人の、金子真紀子が倒れているのを発見して、救急車を呼んだ。

金子真紀子は、すぐ、病院に運ばれたが、すでに、死亡していた。

死亡推定時刻は、前日の、五月十九日午後十時から十一時の間。

最初は、睡眠薬を飲んでから、ガス栓を開けて、自殺を図ったことも考えられたが、今は、他殺と考えている。

犯人は、五月十九日の夜にやって来て、睡眠薬入りのワインを勧めた。金子真紀子が寝てしまった後、ガス栓を開けて、立ち去ったのだろう。ナイトテーブルの上には、ワインのボトルと、問題の睡眠薬の瓶が、置かれていて、床には、ワイングラスが、ひとつ落ちていた。

薬瓶からは、錠剤の睡眠薬が、半分近くなくなっていたし、薬瓶、ワインボトル、そして、床に転がっていたワイングラスの、いずれからも、金子真紀子の指紋しか、検出されなかった。

普通に考えれば、夜、自殺を考えた金子真紀子が、会社から持ってきた睡眠薬を、取り出して、それを飲み、ワインを飲んだ。そして、ガス栓を開けて、自殺を、図った、ということだろう。

だが、十津川たちは、彼女は殺されたと判断している。

犯人は、こんな具合に、行動したのだろう。

夜八時から十時の間に訪ねてきて、睡眠薬入りのワインを勧める。彼女が眠ったあと、睡眠薬の瓶を取り出して、それに、金子真紀子の、指紋をつける。

そのあと、ワインボトルとワイングラスにも、真紀子の指紋を残して、自分の使ったワイングラスは、持ち去った。

その後、ガス栓を開けて、部屋を出ていった。

こうしたことを考えると、犯人は、被害者、金子真紀子と、親しかった人間と思わざるを得ない。

西本のいうように、被害者の携帯には、犯人の名前と住所、電話番号もインプットされ、通話記録も残っていたに違いない。だから、携帯は持ち去られたのだろう。

「プレゼントの腕時計を、彼女の誕生日、五月十八日に贈った男も、容疑者ということになってきますね」

部屋の中を見回しながら、亀井が、十津川に、いった。

「殺人の方法が、睡眠薬、ワイン、そして、ガスということを、考えると、犯人が女性という可能性もあるよ」

十津川が、いった。

カルティエの腕時計は、被害者、金子真紀子が倒れていた時、腕に、はめていた。そのまま、被害者は、救急車で、病院に運ばれたのである。

十津川が、新聞の切り抜きを取り出して、テーブルの上に置いた。

「この新聞の切り抜きは、彼女の机の引出しに入っていた。五月十五日の長良川の鵜飼いで発生した心中事件の、記事だよ。鑑識が調べたところ、この新聞に、ついていたのも、被害者、金子真紀子の、指紋だけだった。ということは、彼女が新聞を切り抜いて、机の引出しにしまっておいたとしか考えられない」

「この切り抜きが、机の引出しに、入っていたところを見ると、死んだ、金子真紀子が、五月十五日の、長良川の心中事件に、関心を持っていたことがわかりますね」

亀井が、いった。

「長良川で死んだのが、親しかった、親友の水島和江だったんだからね」

「金子真紀子を殺した犯人ですが、机の引出しを開けて、この切り抜きを、見たんでしょうか？」

亀井が、きいた。

犯人の指紋と思われるものは、この部屋の中からは、発見されていない。

だからといって、犯人が、部屋のどこにも、触らなかったとは考えられない。指紋を、慎重に拭き取ってから、立ち去った可能性もあるからである。

机の引出しも同じである。開けてみたかもしれないし、みなかったかもしれない。

「どちらとも、考えられるが、犯人は、金子真

紀子を眠らせた後、部屋中を、調べたと思うね。犯人は、五月十五日の長良川の心中事件とは、
当然、机の引出しも開けてみたと、考えたほう関係のない人間だということに、なるんでしょ
が、納得がいく」うか？」

「それは、どうしてですか？」亀井が、きいた。

「犯人は、被害者の携帯電話も、持ち去ってい「犯人は、被害者と水島和江が、友人同士だと
るんだ。携帯電話に、自分の名前や通話記録が知っていた、とも考えられる。そうだとすると、
残っている可能性がある。そう思って、持ち去新聞記事があっても、不思議ではないし、持ち
ったのだとしか思えない。そういう慎重な犯人去る必要もないからね」
ならば、部屋のどこかに、金子真紀子と自分とと、十津川は、いった。
の繋がりを、示すようなものがないかどうか調
べて、あれば、持ち去ろうとしていただろう。
だから、机の引出しも、調べたと思うね」

「調べれば、この新聞記事は、すぐに、見つか
るはずですね？」

「ああ、そうだ」

「でも、持ち去っていないところを、見ると、

第三章　心中か殺人か

1

間もなく六月に入ろうというのに、関東地方は、梅雨時らしい雨もなく、晴天が、続いていた。

こうなると、都心のホテル、特に、お台場周辺のホテルは、東京湾の夜景を楽しみながらの食事を、売り物にするようになった。ホテルの中には、東京湾の夜景を楽しむ、クルージングプランを用意するところもある。

その中の一つ、港区台場にある、ホテル東京ベイでは、全室オーシャンビューが楽しめることを、売り物にして、宣伝を開始した。

五月二十八日午後十一時過ぎに、この、ホテル東京ベイのツインルームで、非常ベルが鳴った。

コンシェルジュが驚いて、問題の部屋三五〇二号室に、駆けつけた。

しかし、ドアには、カギがかかっていて、外からでは開かない。

マスターキーで、ドアを開けて、飛び込んだ。

コンシェルジュは、

「お客さん！」

と、大きな声で呼んだが、返事はなかった。

更に、奥に進んだ時、コンシェルジュの目に飛び込んできたのは、片方のベッドの上に、洋服を着た女性が、うつ伏せに、横たわっていて、床には、ワイシャツ姿の男性が、倒れている光景だった。

いくら声をかけても、二人とも返事がなく、起きあがる気配もない。すぐ救急車が呼ばれた。

2

五分後に、救急車が到着した。

フロント係とコンシェルジュが、二人の救急隊員を三五〇二号室に案内した。

意識のない二人は、すぐ救急車で病院に運ばれていった。

二人を見た医者は、これは睡眠薬による心中事件だと直感した。

救急隊員の一人が、二人が倒れていた部屋のテーブルの上に、ワインと、睡眠薬の瓶が、あったと、教えたからである。

すぐに、応急処置が取られたが、女性は一命をとりとめたものの、男性のほうは、そのまま、亡くなってしまった。

初動捜査班が駆けつけたが、そのあと、捜査一課の、十津川班が、捜査を引き継ぐことになった。

使われていた睡眠薬が、M製薬で作られているネルトンNで、そのM製薬で働いていた二十五歳の金子真紀子が、殺される事件が、あったからである。

十津川たちは、事件の現場になった、お台場の、ホテル東京ベイの部屋を、調べることにした。

亡くなった男性客は、市村茂樹（しげき）、六十歳で、著名なエコノミストだった、女性は、氷室晃子、三十歳である。

　市村茂樹の住所は、東京都世田谷区成城となっているが、女性の住所は、ホテルの宿泊者名簿には、記入されていなかった。

「市村先生は、本日、午後三時半頃、お一人でいらっしゃいました。女性の方が、入られたのは、午後八時過ぎでしたが、ツインルームなので、別に不審は持ちませんでした。そういう方は、多いものですから」

　と、フロント係が、証言した。

　十津川は、窓に目をやった。

　大きな窓の向こうには、東京湾の夜景が、鮮やかに、広がっている。ライトアップしたベイブリッジが、やたらにきれいに見える。

　窓際にテーブルがあり、椅子が二つ向かい合う形で置かれている。

　ワインのボトルと、二つのワイングラス、例の睡眠薬の瓶があったのは、その、テーブルの上である。

　睡眠薬の瓶は、ほとんど、空になっている。

　ルームサービスによると、ワインは、男性が注文したもので、九時半頃、部屋に持っていったという。たぶん、その後、ワインを、グラスに注ぎ、そこに、大量の睡眠薬を入れて、男と女のどちらかが無理心中を、図ったのだろう。

「このところ、心中事件が、立て続けに起きていますね」

　と、亀井が、いった。

　十三日前の五月十五日に、岐阜では長良川の鵜飼いを見物する屋形船の中で、心中事件が起きている。向こうでは、逆に、男が助かり、女が亡くなっている。

今日、五月二十八日は、ベイブリッジの見えるホテルの一室で、同じ睡眠薬を使った心中事件が起き、こちらは、女が助かり、男が死亡した。

「岐阜の事件と、何か、関係があるのでしょうか？」

質問したのは、若い西本刑事だった。

「関係があるかどうかは、まだ分からないが、使われた、睡眠薬が同じだよ」

と、同じく、若い日下が、いう。

ほかの刑事が、部屋のクロークルームから男と女の所持品を、見つけて、テーブルの上に並べた。

市村茂樹の所持品は、運転免許証、キャッシュカード、五十万円入りの革の財布、経済アナリストの肩書のついた本人の名刺、パティックの腕時計などだった。

女性の氷室晃子の所持品は、運転免許証、国産の腕時計、同じく国産のハンドバッグなどだった。

刑事たちを驚かせたのは、市村茂樹の持参したボストンバッグの中に、百万円の札束が十個、一千万円が入っていたことだった。全て新札である。

氷室晃子の持っていた運転免許によると、住所は、岐阜県岐阜市内のマンションに、なっていた。

「女性の住所が、岐阜だというのは、ちょっと気になりますね」

亀井が、いうと、

「私は、それより、市村茂樹のボストンバッグの中に、一千万円の現金が入っていたことのほうが、引っ掛かります」

と、北条早苗(ほうじょうさなえ)刑事が、いった。

「私は、その両方とも、引っ掛かっているよ」

強い調子で、十津川が、いった。

3

十津川は、コンシェルジュの女性に、

「この部屋で、非常ボタンが押されたので、駆けつけたわけですね?」

確認するように、きいた。

「はい、いきなり、警報音が鳴ったので、驚いて、駆けつけました」

「その時、部屋のドアは、閉まっていたんですね?」

「ええ、閉まっていたので、急いで、マスターキーで、開けました」

「非常ボタンを、押したのは、男性か、女性か、分かりますか?」

「いいえ、それは、分かりません」

と、コンシェルジュが、いう。

(無理心中の可能性が強くなったな)

と、十津川は、思った。

たぶん、男と女のどちらかが、ワインを飲んでいる時に、大量の睡眠薬が、入っていることに気がついたのだろう。それで、慌てて、部屋の非常ボタンを押したに違いない。

しかし、コンシェルジュが、駆けつけてくるまでの間に、意識を、失ってしまった。そうした状況を、考えれば、これは、明らかに、無理心中なのだ。

十津川は、ワインのボトル、ワイングラス二つ、それから、睡眠薬の瓶を全て、科捜研に、持ち込んで、調べてもらうことにした。

その後、十津川は、亀井を連れて、二人が救急車で運ばれた病院に行き、話を、聞くことにした。

二人の、手当てをした医者に、きいた。

「私が知りたいのは、どうして、男性が死亡し、女性が助かったのかということです」

十津川が、いうと、

「こういう事件では、その判断は、なかなか難しいのですよ」

と、医者が、いう。

「二人が飲んだ睡眠薬の量ですが、これは分かりますか？」

「これから、慎重に、調べます。たぶん、そのことが、警察としては、大事なことなんでしょうね」

医者が、十津川を見て、いった。

「助かった女性ですが、容態は、どんな具合ですか？　今すぐ話を、聞けますか？」

「いや、そんな状況でないことは、おききになるまでもなく、お分かりだと、思いますがね」

医者は、明らかに、腹を立てていた。

「女性は、どんな心理的状況にあるんですか？」

「心中を図って、自分だけが、助かったとなると、心理的なショックは、大きいですから、しばらくは、体が回復するのを待ってください。今もいったように、精神面のケアも必要です」

（心中事件を起こした本人から、事情を聞けないとなると、二人の家族から、話を聞かなければならないな）

十津川は、病院から、まず、市村茂樹の家族に、電話をかけた。

電話には、若い女の声が出た。娘の智子だという。

十津川は、なるべく事務的に、父親の市村茂樹が、東京のホテルで、亡くなったこと、できれば、今すぐ病院のほうに来てもらいたいと告げた。

女性の氷室晃子の家にも、電話をかけたが、こちらは、誰も出なかった。岐阜のマンションには、一人で、住んでいるのかもしれない。

明日、もう一度、連絡してみることにして、十津川は、市村茂樹の娘、智子が到着するのを待った。

一時間ほどして、彼女が、車で駆けつけてきた。

十津川は、智子に、亡くなった市村茂樹の遺体の確認をしてもらった後、一階の待合室で話を、聞くことにした。

「お父さんの、市村茂樹さんは、東京・お台場のホテル東京ベイで、亡くなったのですが、このホテルに、いたことを知っていましたか？」

十津川が、きくと、

「全然知りませんでした。父は仕事が忙しくて、いつも、飛び回っているので」

と、智子が、答える。

十津川も、市村茂樹という名前は、よく知っていた。週刊誌にエッセイを書いていたり、テレビに、コメンテイターとして出演していたりしているからだった。

市村茂樹の妻で、智子の母親である聡子は、二年前に、病死しているという。

「あなたは、氷室晃子という女性を、知っていますか？」

亀井が、智子に、きいた。

「いいえ、知りません。父は、その女性の方と、ホテルに、泊まっていたんでしょうか？」

逆に、智子が、きく。

「そうです。一緒に、泊まっていらっしゃいました。その女性と、睡眠薬を使っての心中を図り、女性は助かり、お父さんだけが、亡くなってしまいました。何か心当たりはありませんか？」

「電話でも申し上げましたけど、近年、父は、全国を飛び回っていて忙しく、ほとんど、話もしていないのです。ですから、その女性のことも、存じません」

と、智子が、繰り返した。

「日本全国を、飛び回っているというのは、講演か、何かですか？」

十津川が、きいた。

「ええ、講演が、多いと思います。詳しいことは、私よりも、父の秘書の方が、知っていると思うんですけど」

秘書の名前は、加藤健一郎、四十歳だという。

4

翌二十九日になると、少しずつ事情が分かってきた。

十津川は、市村茂樹の秘書、加藤健一郎に連絡し、捜査本部に、来てもらった。

やって来た加藤は、明らかに驚き、当惑した顔で、

「このところ、働き詰めなので、一昨日、先生

は、今日から一週間、休暇を取るといわれたのです。その間は、連絡してくるなと、いわれていましたから、まさか、東京都内のホテルで、女性と、会っているとは、思いもしませんでした」

　加藤も、氷室晃子という女性のことは、全く、知らないといった。

「市村さんは、日本全国を、飛び回って、講演をされていたようですね？」

　十津川が、きく。

「景気がよかったらよかったで、講演を頼まれますし、現在のように、景気が悪かったら悪かったで、先生は、講演を、依頼されるんですよ。ですから、いつでも忙しいのです」

　このときは、少しばかり、誇らしげに、加藤が、いった。

「岐阜にも、行かれたことがありますか？」

「岐阜ですか。ええ、ありますよ。岐阜の商工会議所だったと、思うのですが、そこから講演を頼まれて、先生と一緒に、行ったことがあります」

「長良川の鵜飼いを、ご覧になったことがありますか？」

「その講演の時に、鵜飼いに、招待されましたが、当日、あいにく、猛烈な雨になってしまいましてね。鵜飼いが中止になってしまいました。それで、残念ながら、鵜飼いは、見ていません」

　と、加藤が、いった。

「市村さんは、たしか還暦、六十歳でしたね？お元気でしたか？」

「元気でしたが、持病があるので、無理をしないようには、していらっしゃいました」

「どんな持病ですか？」

「糖尿病です。それで、先生は日頃から、食事にも、注意されていました」

と、加藤が、いった。

その持病が原因で、市村茂樹が、死亡し、氷室晃子が、助かったのだろうか？

「市村さんは、二年前に、奥さんを亡くされていますね？　その後、女性関係は、あったんでしょうか？」

十津川が、加藤に、きいた。

「さあ、どうですかね。先生は、個人的なことは、話さない方なので、よく分かりません。ただ、仕事柄、よく政財界の人と、銀座や、六本木のクラブで一緒に飲まれることもあったし、クラブのママやホステスには、よく、モテましたよ。先生は話が面白いし、お金に、きれいでしたからね」

加藤が、いった。

「仕事に疲れたので、一週間の休暇を、取る。その間、連絡はするなと、市村さんは、いわれたんですね？　間違いありませんか？」

十津川が、念を押した。

「ええ、間違いありません。それで、電話を控えていたんです」

「一昨日からというと、五月二十七日から、一週間ということですか？」

「ええ、そうです」

加藤は、自分の手帳の、ページをめくりながら、答える。

「一週間の休みを取るので、電話をしてくるなといわれた。こういうことは、前にもあったんですか？」

「二、三日、一人に、してくれといわれたことはありますが、一週間というのは、今回が、初めてです。ですから、先生は、ここのところ、本当に、疲れていらっしゃったのかも知れませんね」

「もう一度確認しますが、氷室晃子さん、年齢三十歳、岐阜市内のマンションに、住んでいる女性ですが、本当に、彼女のことを、市村さんからお聞きになったことは、ありませんか？」

十津川は、きき、運転免許証から引き伸ばした氷室晃子の写真を、加藤の前に置いた。

加藤は、それを、じっと見ていたが、

「いや、見たことは、ないと思います。氷室晃子という名前も、これまでに、先生から聞いたことがありませんね」

加藤の言葉に、ウソはないように、みえる。

「加藤さんは、いつから、市村さんの秘書をやっていらっしゃるんですか？」

亀井が、きいた。

「今から十年ほど前からです」

「市村さんが、眠れなくて、睡眠薬を常用していたというようなことは、ありませんでしたか？」

「なかったと、思いますね。先生は、薬が嫌いで、どうしても、眠れない時には、医者に処方してもらって、睡眠薬を、飲んだことはあるみたいですが、糖尿病の薬以外は、飲まないというのが、自慢でしたから」

「ところで、市村さんの年収は、どのくらいですか？」

十津川が、きくと、加藤は、ビックリしたような表情で、

「先生の年収が、今度の事件に、関係があるんですか？」

「実は、市村さんは、ホテル東京ベイに泊まった時、ボストンバッグを、持っていたのですが、その中に、新札の一万円札で一千万円もの現金が、入っていたのです。この一千万円に、何か、心当たりがありますか？」

「いいえ、心当たりなんか、全くありません。あ、それから、先生の年収ですが、最近、本も何冊か書いて、その印税も、入っていますから、五、六千万は、あるんじゃないでしょうか？　詳しいことは、税務署にきいて、もらえませんか？」

十津川は、加藤に、市村茂樹が、取引をしていた銀行の名前を聞き、そこに電話をかけて、一千万円のことを、きいてみた。

市村が取引をしていた銀行は、C銀行で、成城学園前支店に、市村の預金が、あった。

電話できくと、預金額は五千三百万円で、五月二十七日に、その中から、一千万円を下したことが、確認された。

「その時、市村さんは、一千万円を何に使うのか、話していましたか？」

十津川が、きくと、支店長は、

「いいえ、きいておりません。きくのは失礼だと、思いましたから」

と、いった。

この一千万円は、心中を図った相手、氷室晃子に、渡そうとしていたのだろうか？

5

問題は、今回の事件が、心中だったのか、それとも、心中に見せかけた、殺人だったのかという点にある。

　ワインのボトルやワイングラス、もう一つ、睡眠薬の入っていた瓶の、指紋の照合が報告されてきた。

　その結果を、十津川は、黒板に書き留めた。

　ボトルには、男女両方の指紋が、ついていた。ワインは、ルームサービスで取り寄せたのだから当然だろう。

　ワイングラスについては、一つのグラスには、女性のもの、もう一つのグラスには、男性の指紋が、ついていた。

　睡眠薬の入っていた薬瓶には、二人の指紋があり、非常ボタンには、男性の指紋しか、なかった。

　また、ワインのボトルに、残っていたワインの中と、二つのワイングラスの中からは、睡眠薬が検出された。

　これは、二人が合意の上の、心中という可能性が、高まったともいえる。

　ホテルには、男、市村茂樹が先に、チェックインした。その後から、女、氷室晃子が入った。

　その後、二人は、ルームサービスで、ワインを注文した。

　そして、ワインボトルに、持参した睡眠薬を、混入した。

　乾杯をして、その後も、ワインを口にしているうちに、男女は、倒れてしまった。

　男は、死にたくないと考え直し、必死になって、非常ボタンを押した。

　これが、指紋の照合の結果から考えられる二人の行動のひとつである。

　しかし、だからといって、氷室晃子が、睡眠薬を持参し、心中に見せかけて、市村茂樹を、殺した可能性を否定できない。

「問題は、二人が飲んだ睡眠薬の量でしょうね」

　亀井が、いった。

　二つのグラスに残っていたワイン、その中に、どれだけの濃さで、睡眠薬が溶け込んでいるかを調べ、また、二人を、手当した医者から、二人の胃の中に入っていた、睡眠薬の量をきく必要があった。

　ワイングラスの中に残っていたワインに、含まれていた睡眠薬の濃度は、二つのグラスとも、同じだという結果が、科捜研から、報告されてきた。

　次は、市村茂樹と氷室晃子の胃の中から検出された睡眠薬の量である。

　それを、二人の手当をした病院にきいた。

「ほぼ同じ量ですね」

　と、医者が、答えた。

「ほぼでは困るのですよ。厳密な量が知りたいのです。どちらのほうが、多かったのですか？」

　十津川は、強い調子で、きいた。

「女性のほうが、わずかですが、睡眠薬の量は、多かったですよ。たぶん、女性は覚悟して飲んだが、男性は、途中で気がついて、吐いたからでしょう」

　と、医者が、いった。

　そういえば、ホテルの部屋の、テーブルのそばに、男が吐いたと思われるワインの痕跡が残っていた。

「もう一つ、教えてください。男女が飲んだ睡眠薬の量ですが、これは致死量でしたか？」

十津川が、きいた。

「致死量というのが、医学的には、難しいんですよ」

医者が、いった。

「どういうことですか?」

「簡単に、致死量といっても、人によっても、違いますし、飲んだ時の健康状態によっても、違ってきますから」

と、医者が、いった。

「それでは、質問を変えます。普通の人が死ぬ量でしたか? それとも、絶対に、死なないくらいの、少ない量でしたか? それを、教えてください」

「ですから、その、普通というのが難しいんですけどね」

医者が、苦笑しながら、

「使われた、睡眠薬の強さ、量などを考えると、普通の人間ならば、かなり危険な量と見てもいいと思いますよ」

「男も女も、同じ量の、睡眠薬を飲んでいるということですか?」

「ええ、その通りです。ですから、男性だけが、死んだのは、偶然というか、もともと体が、弱かったからか、その時、体調が、よくなかったからではないかと、思いますね。今回の場合、男性は、糖尿病を患っていましたから、それが影響したのかも、しれません」

医者が、いった。

6

翌日、十津川は、今までに分かったことを、三上本部長に、報告した。

「それで、君は、どう考えるんだ？　心中に見せかけた、殺人なのか、それとも、女が、心中を図った結果、偶然、男だけが死んでしまった。そういうことなのか、どちらなんだ？」

三上が、きく。

「実は、どちらとも、判断がつかずに、困っています」

と、十津川は、正直に、いった。

「しかし、男女とも、飲んだ睡眠薬の量は、同じなんだろう？」

「そうです。医者は、飲んだ量は、同じで、普通の人間ならば、危険な量だと、証言しています」

「二人が、ホテル東京ベイの一室で、睡眠薬の入ったワインを飲んだ。その過程を、どんなふうに考えるんだ？」

「二人が、どんな関係だったのかは、まだ、分かっていません。ただ、男が、ボストンバッグに入れた、一千万円の現金を持ってホテルにチェックインし、女は、後から、ホテルに来ています。そのことから、考えますと、二人は、以前から関係があったのだと、思われます。多分、男が、女を裏切ったのでしょう。そのことを、詫びるつもりで、男は、一千万円の現金を持って、ホテル東京ベイに、女を、呼んだのです。一千万円は、慰謝料でしょう。ところが、女のほうは、金をもらっても、許せない気持ちで、無理心中を、考えて、睡眠薬を、持ってホテルに行った。二人が、ワインを飲んでいることを、見ますと、男が、一千万円の現金を見せて許しを請い、女は、それを許す振りを、したのではないかと思います。

男がほっとして、席を外している間に、女は、ルームサービスで持ってきてもらったワインに睡眠薬を入れました。それを知らずに、男は飲み、女も飲みました。その途中で、男は、ワインに睡眠薬が入っていることに気がついて、意識を失う寸前、必死で、非常ボタンを押したのだと思いますね。コンシェルジュが駆けつけ、倒れている二人を発見して、救急車を、呼びました。おそらく、こういうストーリーだと思うのです。もし、女性のほうが、二人で死のうと考え、無理心中を、図ったとすると、結果的に、男のほうだけが、死んでしまったということに、なってきますが」

「いずれにせよ、現に、男のほうは、死んでいるんだよ。とすれば、これは、殺人に、なるんじゃないのか？」

と、三上が、いった。

「たしかに、そのとおりです。結果的に、女性の持ち込んだ睡眠薬を飲んで、男性が、死んでいますからね。それに、男性は年齢六十歳で、糖尿病の持病があります。女性は、その半分の三十歳で、医者によれば、これといった持病もなく、健康体であると、診断されています。女性が、自分が健康体で、男性が、糖尿病であることを、知っていて、同じ量の睡眠薬を飲んでも、自分は死なないが、男のほうは死ぬだろう。そう計算して、ワインに混ぜた睡眠薬を飲ませたとすれば、これは明らかに、殺人ということになってきます。少しばかり考えすぎかも知れませんが」

十津川が、いった。

「君のいう通りだ。こうなってくると、どうしても、二人の関係を、調べる必要があるな」

「これから、調査をすすめるつもりです」

「市村茂樹は、どんな男なんだ?」

「ご存じのように、市村茂樹は、かなり高名な、エコノミストです」

十津川は、持参した二冊の本を、三上の前に置いた。どちらも、市村茂樹が書いた経済の本である。

三上は、その片方を手に取って、

「市村茂樹の書いた本は、私は、まだ読んだことがないが、その名前ぐらいは、知っているよ」

「申し上げたように、市村は、有名なエコノミストで、秘書にいわせると、本の印税や講演などで、昨年は、五千万円ほどの収入があったそうです」

「年収五千万円か。大したものだが、それでも一千万円といったら、かなりの高額だよ。君は、市村茂樹が、それだけの大金を、氷室晃子に渡そうとしていたと、みているんだな?」

「そうです。たぶん、何かの慰謝料でしょう」

「氷室晃子の捜査は、順調に、進んでいるのか?」

「住所が岐阜市内のマンションに、なっているので、現在、岐阜県警に依頼して、調べてもらっています。今日中に、その回答が来るだろうと思っていますが、今のところは、市村茂樹と氷室晃子の二人が、どういう関係にあったかは、分かっておりません」

と、十津川が、いった。

7

岐阜県警、正確にいえば、岐阜中警察署からの回答が、ファックスで送られてきた。

「ご依頼のあった氷室晃子について、現在までに分かったことを、報告いたします。

氷室晃子、三十歳は、現在、岐阜市内金町にあるマンション、コーポ金町五〇一号室に住んでおります。

氷室晃子は、岐阜市に生まれ、岐阜市内の小中高校を、卒業しています。

二十五歳の時に、同じく、岐阜市生まれの氷室圭介と結婚しましたが、翌年、氷室圭介が交通事故で死亡し、その後は独身のままです。

氷室晃子は、岐阜市内の、繁華街、柳ヶ瀬で、クラブをやっており、そのクラブ『あき』のママです。前のママから、見込まれて、店を引き継いだようです。ママのほかに、ホステスが三人ほどの、小さな店です。馴染(なじ)みの客は多いようですが、最近は、この不況の影響を受けているようです。

彼女が、水商売に入ったのは、夫の氷室圭介が、死亡したので、生活のために、始めたと思われます。

先ほど、その店の三人のホステスに会い、市村茂樹についてきいてみましたが、三人とも、この男性が、店に来たことは一度もなく、ママの氷室晃子から、市村茂樹という名前は、聞いたこともないと証言しています。

引き続き、氷室晃子に関する捜査を行いますが、現在のところ、これだけしか分かっておりません」

そのファックスを読み終わって、十津川は、少しばかり、失望した。

知りたかったのは、氷室晃子と、市村茂樹の関係である。

市村茂樹が、一千万円もの大金を、氷室晃子に、渡すつもりでいたとすれば、何らかの慰謝料と考えて、まず間違いないだろう。

また、氷室晃子が無理心中を図ったとすれば、それだけの関係が、男との間にあったはずである。それは、いったい、どんなものだったのか？

十津川は、そのことが知りたかったのである。

しかし、岐阜県警からの回答は、十津川の期待したものとは、程遠かった。

心中を図り、男だけが死んだ二人の間には、何の関係も、なかったのだろうか？

（そんなはずはない）

と、十津川は、思う。

岐阜県警、岐阜中警察署の、捜査を貶すつもりはないが、二人の間に、何もなかったとは、十津川には、どうしても、思えなかった。

もし、何もなければ、一千万円もの現金を慰謝料として、持ってくるはずもないし、女が、睡眠薬を使った無理心中を、図るはずもないからだ。

報告書は、続けて捜査すると書かれているから、今後の捜査で、二人の関係が出てくるだろうと期待を持ってもいた。

亀井は、楽観的で、

「これで、氷室晃子という女のことが、かなり、分かったじゃありませんか？　二十五歳の時に結婚したが、すぐに、夫と死別し、その後、生活のために、水商売に入った。これだけでも、かなりはっきりした女性像が、浮かんできましたよ」

と、いった。

「水商売というと、どうしても、岐阜の鵜飼いの屋形船の中で起きた、同じような、心中事件のことを、思い出しますね」

と、いったのは、西本刑事だった。

「向こうもたしか、女が、東京の六本木で、クラブのママを、やっていた人でした。向こうの事件が心中ということで、殺人ではないと、決まったようでしたが、ここに来て、また、捜査が始まったようですね？」

「その通りだよ。たしかに心中事件の結果で、生き残った男には、殺意は、なかったということで、殺人事件としての捜査は、終ったんだが、ここに来て、再開された。生き残った男のほうに、殺意があったのではないかという疑いが、生まれてきたんじゃないのかね？」

「こちらとは違い、生き残ったのが男で、亡くなったのが女だからじゃありませんか？　こんな事件では、男が悪役にされかねませんから」

日下が、いった。

「たしかに、そんなことが、関係あるかもしれないな。向こうの、事件を見守る周囲の目が、死んだのが女性なので、助かった男性に対して、厳しい見方をしているのかも知れない。岐阜県警が、もう一度、殺人の可能性があるかどうかを調べることにしたのは間違いないが、詳しいことは、私も知らないんだよ」

十津川が、いうと、

「岐阜の事件も、こちらの事件も、同じM製薬の睡眠薬が、使われています。これは、偶然でしょうか？」

と、北条早苗刑事が、きいた。

「私も、その点をどう考えたらいいのか、今、悩んでいるんだ。偶然かも知れないし、偶然じゃないのかも知れない。また、M製薬で働いていた金子真紀子が、五月十九日に、殺されてしまっている。どうしても、金子真紀子か、あるいは、M製薬が、岐阜の心中事件に、関係があるのではないかという疑いがわいてくる。その関係が、明らかになれば、今度は、東京の事件にも、何らかの関係があることが考えられるね」

「そうなると、三つの事件は、繋がりがあるということに、なってきませんか？」

と、早苗が、いう。

十津川は、笑って、

「いや、まだ、そこまでの断定はできないよ」

六月に入って、十津川は、女性刑事の北条早苗を連れて、氷室晃子が入院している病院に、出かけた。

担当している井手という医師に会うと、十津川は、

「氷室晃子さんは、今、どうされていますか？　徐々に、回復していますか？」

と、まず、きいた。

「治療中です」

と、井手が、いう。

「前に、電話でお伺いした時も、治療中だとおっしゃって、いましたね？　いったい、いつまで、治療が続くのですか？」

「それは分かりません。これは、身体の問題でもありますし、心の問題でもありますからね。

そう簡単には、治癒しませんよ」

「いつになったら、彼女は、退院できるんですか？」

「今のところ、それも、分かりません」

「それでは、いつになったら、彼女から、話が聞けるようになりますか？」

「それも、分かりませんね。彼女が、どれほど、肉体的にも、精神的にも、回復してきたか、それに、よりますから」

井手は、相変わらず、頑固に、いった。

十津川が、井手と話している間にも、受付から、電話が入ってくる。

新聞記者が押し掛けてきて、氷室晃子が、ここに、入院しているだろうと、しきりにきくというのである。

井手は、ためらわずに、

「そんな患者は、ここには、入院していないといいえ。突っぱねて、何も知らないといえば、それでいい。どうしても、この病院にいるかどうかを調べたいといったら、もし、一歩でも、病院内に入ったら、不法侵入で訴えると、そういうんだ！」

叱りつけて、井手は、電話を、切ってしまった。

もちろん、警察は、氷室晃子が、ここに、入院していることは、一切、発表していない。それでも、いろいろと調べて、新聞記者たちは、氷室晃子の談話や写真をとろうと必死になっているのだろう。

「何とか、氷室晃子さんから、話を聞けるよう、お願いできませんか？　それで、女性刑事の北条早苗君を連れてきているんですよ」

十津川が、井手にいった。

「いや、何といわれても、無理なものは、無理です」

井手は、にべもない。

「ダメですか？」

「ダメですね。精神的に、今、いちばんよくないのは、事件のことを、氷室晃子さんが思い出してしまうことなんですよ。しかも、刑事さんが質問をすれば、イヤでも、思い出してしまうし、答えに、詰まってしまうこともあるでしょう。そうなると、心理的にも追い込まれてしまうのですよ」

と、井手が、いう。

「追い込まれるというのは、どんなふうにですか？」

「これは、心中なんですよ。男も女も、同等な立場で、死を決意したんです。それなのに、警察は、心中ではなく、殺人だと、考えているわけでしょう？　そういう形で尋問をすれば、氷室晃子さんは、追い詰められてしまいますよ。それだけは止めていただきたいのです」

「それなら、こういうことでは、どうでしょうか？」

横から、早苗が、自分の意見をいった。

「私は、ただ黙って、彼女の病室に、座っています。私のほうからは、一切、何も質問しません。もし、彼女が何か話したいことがあったら、その時だけ、話をさせてもらいます。どうでしょう？　それでも、ダメですか？」

と、早苗が、井手に、いった。

井手は、しばらく考えていたが、

「絶対に、あなたのほうからは、何も質問しないのですね？　それを、きちんと守ってくれますか？」

と、きく。

「はい、絶対に、こちらからは、質問をしません。約束します。それに、彼女にも、今、話したいことが、あるのではないかと思うのですよ。誰かに聞いて貰いたいという思いがあるのではないでしょうか。もし、彼女に、そういう思いがあるのだったら、私は、話を、聞きます。もちろん、その場合でも、話を聞くだけで、こちらから、質問はしませんから」

早苗は、約束した。

「分かりました」

と、井手は、いい、やっと、許可してくれた。

「もし、あなたが、何か、質問をしたら、すぐ病室から、出てもらいますよ。それでいいですね？」

井手は、いい、看護師長と一緒に、氷室晃子が入っている病室に入室することが許された。

もちろん、十津川は、病室に入ることが、許されなかった。

十津川は、早苗が、師長と一緒に、病室に入るのを見送ってから、井手の部屋に、残ることになった。

「警察は、今度の事件を、どう、みているんですか？」

井手が、きいた。

「正直に、お答えしたほうが、いいですか？」

「もちろんです」

「亡くなった市村茂樹は、一千万円という大金を持って、ホテル東京ベイに行き、そこのツインルームで、氷室晃子に、会っています。彼女は、問題の睡眠薬を、一瓶持って、ホテルに、行ったと思われます。こうした状況を見れば、二人の間に、いったい、何があったのかは、大体の想像が、つくでしょう。市村茂樹と氷室晃子の間には、何か問題があって、市村のほうは、一千万円という金の力で、解決しようとした。ところが、氷室晃子のほうは、金では許さず、二人で死んでしまおうと、ワインに、大量の睡眠薬を混入させて、一緒に飲んだのです。結果的に、氷室晃子は、助かり、市村茂樹は死んでしまいました。無理心中の結果、男が、死んだと、われわれは、考えています」

「警察は、もっと、悪意のある見方をしているんじゃありませんか？　無理心中に見せかけ、女が男を殺したと、考えているんじゃありませんか？」

井手が、きく。

「いや、われわれが知りたいのは、真実だけです」

十津川が、いった。

しかし、どうやったら、真実が分かるのかは、十津川には、見当がつかないのだ。

8

北条早苗は、なかなか、病室から出てこなかった。出てきたのは、一時間近く、たってからだった。

「何か聞けたか？」

十津川が、きく。

「いいえ、残念ですが、何も聞けませんでした」

早苗が、殊更（ことさら）、声を大きくして、いう。

そんな早苗の様子から、十津川は、病院から

捜査本部に戻るパトカーの中で、運転しながら、

「氷室晃子は、何か、しゃべったんじゃないのか？」

と、きいた。

「はい、一言だけ、しゃべりましたけど、どんな意味なのか、分からなくて、困っています」

早苗が、いった。

「どんなことを、いったんだ？」

「私が病室に入っていくと、本当に、氷室晃子は、疲れ切っているように、見えました。目を閉じて、ベッドに、じっと横になっているだけなんです。それで、私は、師長と一緒に、椅子に座って、彼女をずっと観察していました。そのまま、一時間くらいたった時でしょうか、彼女が目を開けて、何かいいかけたので、慌てて、私は、顔を、近づけました。そうしたら、彼女が、小さな声で、つぶやいたんです。『喜んでくれるかしら』と、そういったのです」

「それだけか？」

「はい。これだけです。私は、晃子さんが、もっと何かいったのではないかと思いましたが、彼女は、そのまま、黙ってしまって、目を閉じて、もう、何もいわなくなってしまいました」

「『喜んでくれるかしら』か」

十津川は、繰り返してみた。

「はい。そうなんです」

「普通は、誰々が、喜んでくれるかしらというはずだろう？　名前や、あるいは、彼とか、彼女とか、そういう代名詞が、先に来るはずなんだが、そういう言葉は、いわなかったのか？」

「少なくとも、私には、何も、聞こえませんでした。もしかすると、ほかに何か、いったのか

もしれませんけど、私には、何も聞こえませんでした。聞こえたのは、ただ、『喜んでくれるかしら』という言葉だけでした」

「その言葉だが、一緒にいた師長は、聞いているのか？」

「聞こえなかったと、思います。何しろ、私が彼女に顔を近づけて、やっと、聞き取れたのですから」

早苗が、いった。

「喜んでくれるかしら」というのは、もちろん、今回の事件に、関してのことだろう。形として、氷室晃子は、市村茂樹に対して無理心中を仕掛け、市村茂樹は、死んでしまった。

「喜んでくれるかしら」というのは、その結果について、いっているに違いない。

しかし、問題は、「誰が」喜んでくれるのかということである。

固有名詞をいったのか、それとも、彼といったのか、彼女といったのか、それによって意味が、大きく違ってくる。

十津川は、捜査本部に向かって車を運転しながら、そのことを、考え続けた。

捜査本部に戻ると、十津川は、この件を、三上本部長に、報告した。

その日のうちに開かれた、捜査会議で、十津川は、刑事たちに、この言葉を、黒板に書いて示した。

「喜んでくれるかしら」

と、十津川は、書くと、

「これでいいんだな？」

と、いって、早苗を見た。

「はい、間違いありません。彼女は、そういいました」

「でも、これだけでは、半分ぐらいは、意味不明だな。誰が喜んでくれるのかということだと、思うのだが」

十津川は、首を傾げている。

「でも、警部、これだけでも、かなり重要な意味を持っていると思いますよ」

と、亀井が、いった。

「どんなふうにだ？」

「その言葉の前に、『自分が』という言葉は、つかないと、思うのです。自分が喜んでくれるかというのは、意味が、通じませんから。今回の無理心中は、氷室晃子が、自分のために、やったのではなくて、誰かのためにやったことになってきます。それで、氷室晃子と、死んだ市村茂樹との関係が、全く、分かってこないのではないでしょうか？　今までは、それが、不思議だったのですが、むしろ、出てこないほうが、当然ではありませんか？　私が、いったように、この無理心中は、氷室晃子が、自分のためにではなくて、誰かのために、仕掛けたのだとすれば、当然ですから」

亀井が、いった。

「その『喜んでくれるかしら』という言葉の前に、彼が、つくのか、彼女が、つくかで、意味が、大きく違ってくるね」

三上本部長が、いった。

「岐阜県警からの、報告によると、氷室晃子は、現在独身で、五年前に結婚した氷室圭介という男性とは、翌年死別していますが、その交通事故の犯人は、すぐに捕まっています。その『誰』が分かれば、今回の事件の謎が、簡単に解けてくるとは思うのです」

亀井が、いった。

「岐阜県警からの、次の報告に期待することにしよう」

三上が、いった。

しかし、一日、二日とたっても、岐阜県警からの二回目の報告は、いっこうに、届かなかった。

第四章　睡眠薬ネルトンN

1

その後、岐阜県警からは、何の報告もなかった。

しかし、岐阜の検察審査会が、単なる心中事件として処理した岐阜県警のやり方に異議を唱え、もう一度、捜査をすることを要求、その結果、岐阜県警が再捜査を決定したと、新聞は報道していた。

警視庁捜査一課の十津川たちは、現在、五月十九日に死んだ金子真紀子の死を、殺人の可能性が高いと考えて、捜査本部を設けて捜査中である。

五月二十八日に、ホテル東京ベイの三五〇二号室で、岐阜の長良川と同じような心中事件が発生し、こちらは、逆に、女性が助かり、男性が死亡した。この心中事件についても、岐阜と同じ問題が起きていた。

心中事件で、たまたま、女性のほうが助かったのか、それとも、心中に見せかけた殺人なのか、警視庁もまだ、判断しかねていた。

岐阜県警のほうが検察審査会の要請を受けて、捜査をやり直すことを決定したとなると、東京でも、この心中事件には、殺人の可能性が、否定できないといって、捜査の継続を、要請してくるかもしれなかった。

「捜査を再開したのに、岐阜県警が沈黙を、守っているのは、どうしてですかね？」

亀井が、不満気にいった。

「新聞の報道によれば、検察審査会は、長良川で起きた心中事件を、心中に見せかけた殺人事件の可能性があると考えて、岐阜県警に対して、再捜査を要請したわけだろう？　岐阜県警にしてみれば、最初、殺人の可能性も考慮して捜査をしたが、男が、心中に見せかけて、女を殺した証拠は見つからなかった。だからこそ、殺人の線での捜査を打ち切って、単なる心中事件として、処理をしたんだ。今さら、再捜査をしても、殺人の証拠は見つからなくて、県警としては困っているんじゃないのかね？　だから、沈黙を守っているんだと思うね」

十津川が、いった。

「たしかに、そうでしょうね。二人を診察した医者によれば、結局、男女で飲んだ睡眠薬の量はほとんど同じで、それも、致死量すれすれだったそうですから、同じ条件のもとで、女が死に、男が生き延びているわけですよ。これで、男が死ななかったからといって、殺人容疑をかぶせるのは、難しいと思いますね。私でも、そう、思いますから」

亀井のこの言葉は、お台場のホテル東京ベイで起きた、心中事件のことを考えながらの発言に違いなかった。こちらの事件では、岐阜とは逆に、女の氷室晃子のほうが助かり、男の市村茂樹のほうが死んだ。

こちらも、医者の言葉によれば、二人が飲んだ睡眠薬の量は、ほとんど同じであり、しかも、岐阜の心中事件の場合と同じように、その量は、かなり危険な量すれすれだということだった。

となれば、氷室晃子が心中に見せかけて、市村茂樹を殺したと証明するのは、かなり、難しい。おそらく、証拠もなかなか見つからないに違いない。

一方、金子真紀子の事件のほうも、依然として、有力な容疑者が浮かんでこず、その点では、捜査が、壁にぶつかっていたのだが、ここに来て、問題の睡眠薬について、新事実が明らかになった。

睡眠薬の名称は、ネルトンNである。Nは、NEWの頭文字で、新しいということらしい。

M製薬に聞いてみると、ネルトンNは、副作用が少なく、よく効くということで、好評を得ていると、担当者は、十津川たちに説明した。

睡眠薬には、飲んでしばらくすると眠りに入り、睡眠効果が長く持続するタイプのものと、飲むとすぐに深い眠りに入ってしまうが、睡眠の時間が短いタイプのものがある。

この二つの種類のうち、ネルトンNは後者のタイプで、飲むと急激に、睡眠に入って、その持続時間は四、五時間だという説明を、十津川たちは、M製薬から受けた。

更にM製薬は、ネルトンNについて、これは新しく開発した睡眠薬で、よく効く上に、副作用がほとんどなく、それに習慣性もないので安心して使える薬だと、自慢した。

しかし、最近M製薬を辞めた社員を探して話を聞いてみると、M製薬では、以前、チブリゲンという名前の、睡眠薬を製造しており、このチブリゲンという睡眠薬は、よく効くことで、有名で、なかなか眠りにつけない学生や勤労者などに、愛用されていたが、同時に、持病がある人、例えば、喘息(ぜんそく)、糖尿病、心臓病などの病気がある人にとっては、副作用の危険が高かったので、医者の指摘もあって、五年前に、製造中止になった。

それを、M製薬では、今年になってから突然、ネルトンNという名前に変え、再び売りに出した。

その成分は、チブリゲンと、ほとんど同じで、単に名前を変えただけにすぎないものだと、退職した社員は、十津川に話してくれた。この社員は、M製薬の研究所で新薬の開発に当っていたというから、彼の話は信用できるだろう。

そこで、十津川は亀井と二人でM製薬に行き、広報部長を呼び出して、二つの心中事件で使われた、ネルトンNについて、質問をすることにした。

広報部長は、ネルトンNは、強力な睡眠薬であることは、認めた上で、使い方さえ誤らなければ、副作用の心配はなく、あくまでも、安全な薬だと、説明した。

「たしかに、わが社では以前、チブリゲンという睡眠薬を製造しておりまして、五年前に、その製造を中止しています。今年になってから製造販売を始めた、ネルトンNという薬は、それとは、全く違うものです。たしかに、ネルトンNは、強力な睡眠薬なので、使っている方からは、よく眠れるという評判を得ています。効き目が強力でありながらも副作用もなく、習慣性もないのですこぶる安全な睡眠薬であるということで、おかげさまで、大変よく、売れています」

「しかし、今回、東京と岐阜で起きた、心中事件では、ネルトンＮが使われましたが、二人の男女が死んでいますよ」

「いや、どんなに安全な睡眠薬でも、服用の仕方を誤れば、危険ですよ。死者が出たのは、ネルトンＮのせいじゃありませんよ」

　広報部長が、十津川に、反論した。

「五年前に製造中止になった、チブリゲンという睡眠薬と、今年に入って販売を始めたネルトンＮという睡眠薬は、種類の全く違う睡眠薬だとおっしゃるわけですね？」

　十津川が、念を押した。

「ええ、もちろんですよ。ウチの研究所には、優秀な技術者が、揃っていますから、五年も前に、製造中止になっている睡眠薬を、成分を変えずに、今年になって、わざわざ販売するようなな、そんなバカなことは、しませんよ」

　広報部長が、いう。

　十津川は、上着のポケットから、一枚のメモ用紙を取り出して、広報部長の前に広げた。

「これを、見てください。二つの化学式が、書いてあります。一つは、チブリゲンの化学式で、もう一つは、ネルトンＮの化学式ですよ。よく見てくださいよ。この二つは、全く同じ化学式では、ありませんか？　最近Ｍ製薬を退職した、技術者が、書いてくれたもので、彼の説明によれば、五年前に、製造中止になったチブリゲンと、今年から売り出されたネルトンＮとは、全く同じ成分、製法で作られているといっています。この二つの睡眠薬には、どこか、違うところがあるのですか？　もし、あるのなら、それを、教えてください」

十津川は、広報部長に、詰め寄った。

広報部長は、黙ってしまったが、十津川が、さらに、

「もし、違う薬なら、その違いを、説明してくれませんか」

と、しつこく追及すると、

「たしかに、チブリゲンとネルトンNは、同じような成分の、よく似た、睡眠薬ではありますが、ネルトンNが、入った瓶には、しっかりと、使用上の注意書きが、書いてあるんですよ。病弱な人、持病がある人は、飲む量に注意するようにと記載してあります」

広報部長は、ネルトンNの薬瓶を取り出して、その部分を、十津川に示した。

たしかに、瓶に張られたラベルには、小さな文字で、注意書きがあった。

「注意書きがあることは、分かりましたが、チブリゲンとネルトンNとが、成分が全く同じであるということは、お認めになりますね？」

と、十津川は、念を押した。

「確かに、成分は同じですが、前には、この注意書きは、なかったんですよ。この注意書きを読めば、ネルトンNという睡眠薬が、いかに、安全な薬であるかということが分かるはずです」

広報部長は、ただ、注意書きがあることだけを、強い口調で、繰り返した。

2

十津川と亀井が持ち帰った、睡眠薬ネルトンNについての新事実は、捜査本部でも、当然、

問題になった。

十津川が、M製薬の、広報部長とのやり取りを、報告すると、三上本部長が、

「五年前に製造中止になったチブリゲンという睡眠薬を、今年になってから、ネルトンNと名前を変えて製造販売を始めたM製薬の営業方針について、どういっているんだ？」

と、きく。

「そのことですが、広報部長は、こういっていました」

と、十津川が、答える。

「現代が複雑な時代のため、夜、布団に入っても、なかなか眠れないという人が多くなった。学生やサラリーマン、OLなどに、不眠症を訴える人が、年々増えている。そこで、M製薬では、五年前に製造を中止したチブリゲンが、当時、かなり強固な不眠症でも、これを飲めばよく眠ることができて、評判だったので、この睡眠薬こそ、現代社会では、必要不可欠な薬であると考え、社長の方針で、ネルトンNと名前を変えて、再び、製造販売することにしたそうです」

「確認ですが、二つの睡眠薬は、全く同じ成分ということだな？」

「そうです。五年前、チブリゲンは、よく効く睡眠薬だが、副作用の問題があって、製造中止になりました。今回は、きちんと、使用上の注意書きを添えてあるそうです。つまり、病弱だったり、持病のある人は、注意すること、一回に飲む量は、必ず決められた分量を守ること。そういう、注意書きを明示してあるので、絶対に安全であり、現在のような複雑な社会では、

必要不可欠な、睡眠薬である。広報部長はそう説明しました」

「睡眠薬というのは、M製薬だけではなくて、ほかの、製薬会社からも、何種類か出ている筈だ。ほかの睡眠薬に比べて、M製薬のネルトンNは、どういう評価が与えられているんだ？」

三上本部長が、きく。

「ほかの製薬会社からも、何種類もの、睡眠薬が販売されています。これは、睡眠薬に詳しい医者に、聞いたのですが、同じ分量を飲んだ場合だと、ネルトンNが、いちばん効くそうです。それを、M製薬の広報部長は、現代社会に必要不可欠な、睡眠薬だといって、自慢しているわけですが、ネルトンNが、それだけ、強い薬だというわけでもあります。もちろん、事前に、医者の診断を仰ぎ、分量を、間違えなければ、危険はないとは思いますが、ほかの睡眠薬に比べて、ネルトンNが、強い薬だということは、間違いありません」

「それで、二つの心中事件では、M製薬の、この睡眠薬が、使われていたんだな？」

「そうなんですが、だからといって、ネルトンN以外の睡眠薬を使ったとしても、服用の仕方によれば、同じように、危険だと思います」

「それでも君は、二つの心中事件で、ネルトンNが使われたのは、何か、それなりの理由があると、思っているんじゃないのか？　だからこそ、M製薬を辞めた技術者を探し出して、話を聞いたり、今日、M製薬に行って、広報部長に、会ったりしているんだろう？」

「その通りです。ネルトンNは、別名で五年も前に、製造中止になっている睡眠薬と同じですからね」

　M製薬の社員だった金子真紀子は、ネルトンNが、五年前に、製造中止になったチブリゲンという強力な睡眠薬と、同じ成分を持つものであることは、当然のことながら、知っていたに違いない。

　五月十五日に、長良川の屋形船の中で、心中事件を起こした藤本智之と水島和江の二人は、自分たちが使った、睡眠薬について、そうした知識を、持っていたのだろうか？

　同じく、五月二十八日に、東京のホテルで、心中を図った市村茂樹と氷室晃子の二人も使用したネルトンNが、五年前に製造中止になった、睡眠薬と同じであることを知っていたのだろうか？

　東京の心中事件で、生き残った氷室晃子に、十津川は、そのことを、きいてみたいと思ったが、依然として、医者からは、彼女への尋問を拒否されている。

　十津川は、長良川での心中事件を、担当している末永警部に、電話をかけた。末永警部には、前にも電話で、話を聞いたことがあった。

　十津川はまず、再捜査を始めた、岐阜県警の現在の状況について、きいてみた。

「いろいろと調べては、いるのですが、新しい事実が、何も出てこなくて、正直いって、弱っていますよ」

　末永の声が元気がない。

「捜査が進展していない。そういうことですか？」

「そういうことです。心中事件ならば、再捜査の必要は、ないわけで、検察審査会の要請によって、再捜査をしているのは、生き残った、藤本智之が、心中事件に見せかけて、水島和江を殺害した可能性について、もう一度、調べているわけです。しかし、形としては、典型的な、心中事件ですからね。これを殺人と呼べるのかどうか、殺人の証拠があるのかどうか、今のところ、全く、分からないのですよ。生き残った藤本智之が、心中に見せかけて、水島和江を、殺したのだとしても、絶対に認めないでしょうからね。医者も、二人が飲んだ睡眠薬の量は同じだったと、証言していて、それを、変えていません。このままでは、何か新しい、有力な証拠でも、出てこない限り殺人事件とは、断定できないのですよ」

「これ以上、いくら、捜査を進めても、殺人事件と断定できない。これは、単なる心中事件であって、たまたま、男が生き残り、女だけが死んでしまったのだという結論しか得られない。そういうことですか？」

「今のところ、残念ですが、そういう結果しか、出ません」

末永が、いった。

「そちらが、再捜査を始めたので、こちらの心中事件も、再捜査の可能性が出てきています。それで問題の睡眠薬について、もう一度、調べているのですが、正式な名前は、ネルトンNといって、こちらの事件で使われたものと、そちらで使われたものと全く同じですね？」

「そうです。M製薬が、製造販売している睡眠薬ネルトンNです」

「調べたところ、ネルトンNですが、五年前に、製造が中止になった、同じくM製薬が、製造販売していたチブリゲンという名前の睡眠薬と同じものだというのです。ほかの睡眠薬に比べて、効き目が強く、即効性があるので、現代のような、複雑な社会で、不眠に悩む人が増えてくる状況の中では、必要不可欠な睡眠薬だというので、今年になって、チブリゲンから、ネルトンNへと、名前を変えて、製造販売を始めたということらしいのです」

「つまり、よく効くが、その分、副作用が強くて、危険な、睡眠薬でもあるということですか？」

「持病のある人間とか、病弱な人、あるいは、老人は、服用する時には、十分な注意が、必要だという睡眠薬だそうです。今回の、ネルトンNには、注意書きがしてあるので、安心して使っていただきたいと、M製薬の、広報部長は、いっています。ただ、この睡眠薬が岐阜でも、東京でも使われたことが単なる偶然なのかどうか、それを知りたいのですよ。そちらの心中事件では、藤本智之という男のほうが、生き残ったわけですよね？」

「そうです。藤本智之です」

「末永さんに、お願いがあるのですが、この藤本という男に、きいていただけませんか？　M製薬の睡眠薬ネルトンNを使ったのは、偶然なのか、それとも、この睡眠薬を使いたくて使ったのか、その点を確認していただきたいのです」

3

一時間ほどしてから、今度は、末永警部が電話してきた。

「さきほどの件ですが、今、生き残った藤本智之に、聞いてみました。彼の答えは、こうです。あの睡眠薬は、自分が用意したものではなくて、水島和江が持ってきたものである。報道されていたように、水島和江は、M製薬の社員である友人を通じて薬を手に入れ、それを長良川で使ったのだろう、ということです」

「水島和江のほうは、すでに、死んでしまっているわけですから、どうして、彼女が、この睡眠薬を、使ったのかは、分からないわけです」

「その通りです。藤本智之もいっているように、水島和江は、M製薬の友人——金子真紀子と、親友だったそうですから、ネルトンNの効き目だとか、五年前に一度、製造中止になっているとかいった話は、知らないで、いちばん手に入れやすかったので、ネルトンNを使ったということじゃないかと、思いますね」

「なるほど。大変、参考になりました。ありがとうございました」

十津川は、礼をいってから、電話を切った。

末永警部からの報告は、すぐ、十津川から、捜査本部長の三上へと、伝えられた。

「まあ、そんなところだろうと、私も思っていたよ」

三上は、あっさりと、いった。

「長良川の心中事件で死んだ、水島和江は、M製薬の金子真紀子と、親友だった。だから、女が、手に入れやすかったM製薬の睡眠薬を使った。これは、誰だって、想像つくことだ。女が、睡眠薬を用意したとなるとなおさら男が心中に見せかけて女を殺したという線は、消えてしまうんじゃないのか？」

「岐阜県警の末永警部も、すでに女が死んでしまっているので、生き残った男の言葉を信用するよりほかにない。そうなると新しい角度からの捜査のしようがない。元気のない声で、そういっていました」

「ところで、われわれが予期したとおり、こちらの心中事件についても、捜査をし直すようにと、上のほうから指示がありそうだよ」

三上が、十津川にいった。

「やはり、長良川の事件の影響ですか？　向こうの事件が、再捜査を始めたので、こちらの心中事件も殺人事件の疑いがある。つまり、そういうわけですか？」

「そういうことだ」

翌日になると、三上がいっていたように、こちらでも、心中事件に見せかけた殺人事件の可能性があるということで、港警察署に、捜査本部が置かれ、殺人容疑での捜査がスタートした。

金子真紀子の殺人を捜査している十津川たちが、結局、心中事件のほうも、担当することになった。

東京と岐阜の二つの心中事件で、金子真紀子の勤めるM製薬製造の睡眠薬が使われていること、金子真紀子が、不可解な殺され方をしていること。それで、二つの事件には、関連があると断定されたからである。

4

十津川は、亀井を連れて、もう一度、氷室晃子が入院している病院を訪ねた。

前にもいろいろと、話を聞いた井手という医師に会った。

十津川が、殺人事件としての捜査が開始されたと告げると、井手医師は、首を傾げて、

「しかし、これは、どう見ても、心中事件ですよ。男性が死亡し、女性が生き残ったのは、単なる偶然でしかありません。それなのに、どうして殺人事件として、捜査を始めるんですか？」

「たしかに、いったんは、心中事件という判断を下したのですが、心中事件に見せかけた殺人事件の可能性も、全く捨て切れないのですよ。それで、何よりも、当事者である氷室晃子さんに、話をお聞きしたい。まだ、彼女と会って、話を聞くというわけには、いきませんか？」

「いや、ダメですね。今でも、氷室晃子さんは、心中を図ったのに、相手が死に、自分だけが、生き残ってしまったことに、ものすごい自責の念を、持ってしまっているのです。ですから、まだ、精神状態が安定していません。こんな時に、殺人容疑で、警察が捜査を始めたと知ったら、彼女の精神状態を悪化させることになりますからね。できれば、尋問は、まだしばらく、控えていただきたいのです」

「しかし、このまま、氷室晃子さんが尋問を拒否して、そして、沈黙を守ったままでいると、警察としては、心中に見せかけた殺人の可能性が強いと、考えざるを得なくなりますよ」

十津川が、脅した。

井手医師は、しばらくの間、黙っていたが、

「分かりました。そういうことなら、一応、氷室晃子さん本人に聞いて、刑事さんと話をする意思があるかどうかを確認してみましょう」

井手医師は、すぐに看護師長を呼んで、氷室

晃子の返事を、聞いてくるようにと指示した。

　その間、十津川は、井手医師に向かって、

「実は、ウチの北条早苗刑事が、たまたま、氷室晃子さんの病室に入っていたところ、氷室晃子さんが小声で、『喜んでくれるかしら』というのを、聞いたといっているんです。先生は、この言葉をどう思われますか？」

「喜んでくれるかしら、ですか？」

「そうです。『喜んでくれるかしら』という、この言葉の対象には、今回の、心中事件があると思うのです。これを、言葉通りに受け取ると、誰かが、氷室晃子さんの起こした今回の殺人事件、いや、まだそうと、決まったわけでありませんが、この事件のことを、喜んでくれるだろうかと、自問しているとしか思えない。先生は、氷室晃子さんのことを、五月二十八日からずっと、見ておられるわけでしょう？　その間に、同じようなことを、彼女はいっていませんでしたか？」

「私は、ずっと、彼女の容態を見続けています。しかし、彼女が、そんな、奇妙な言葉を発するのは、一度も、耳にしていませんよ」

「どんな言葉なら、先生は、聞いておられるのですか？」

「くり返しますが、彼女の精神の状態が、ひじょうに不安定です。自分だけが、生き残って、市村茂樹さんが亡くなったことを知ると、やたらに、申し訳ないことをしたとか、こんなことになるなんてと、呟いたり、ヒステリックに、叫んだりしていますよ。そうなるのも、当然で、決しておかしくはないのです。しかし、喜んでくれるかしらという言葉は、一度も聞いていませんよ。捜査一課の、女性刑事さんが、たまたま病室に入っていって、氷室晃子さんが、そんなことをいうのを、本当に、聞いたんでしょうか？　録音でもしていれば、別ですが、本当に、氷室晃子さんは、そんなことを口にしたのでしょうか？」

「いや、録音は録っていません。あくまでもウチの女性刑事がいっているだけです」

「それでは、信用できませんね。聞き違いでしょう」

「いや、その言葉を聞いたのは、ウチの女性刑事で彼女は、ウソをついたり、聞き違えなんかしません。ですから、喜んでくれるかしらという言葉が、氷室晃子さんが口にした言葉であることは、間違いないと、私は、思っています。先生は、この言葉を、どう解釈されますか？　彼女は、どういう気持ちで、この言葉を口にしたのか、先生に教えて頂きたいのですよ」

「そうですね。彼女が、そんな言葉を口にしたのなら、こんな解釈ができますね。氷室晃子さんは、自分一人だけが、生き残ってしまったことに、自責の念を感じながらも、彼女の友人とか、親戚などが、自分が、死の淵から、生還したことを喜んでくれるかしらと、自問しているのではないでしょうか？　それが、あなたのいう言葉だと思いますよ」

井手医師が、いった。

「氷室晃子さんですが、親友とか、あるいは、家族とかが、見舞いに、来たことはありますか？」

亀井が、きいた。

「氷室晃子さんが、この病院に入院していることは、秘密にしています。マスコミにも、一切、公表していないのですよ。それでも、どこでどう調べてくるのかは、分かりませんが、彼女が店をやっている岐阜から、わざわざ、この病院を、訪ねてくるお友だちなんかもいましてね。そうなると、氷室晃子さんは、ここには入院していませんとか、面会謝絶だから、帰ってくださいと追い払うわけにもいかず、一応、氷室晃子さんの、許可を得てから、病室に入ることを認めることにしました。しかし、自分たちから、あまり質問をしないようにと、注意しています。そのお友だちが、病室で、氷室晃子さんと、どんな話をしたのか私には、分かりません。一時間ほどいてから、その女友だちは帰っていきましたが、いまだに、二人の間で、どんなことが話し合われたのか、彼女の担当医としては、知っておきたいとは思っているのですが、皆目、見当がつきません」

井手医師が、いった。

看護師長が、戻ってきて、氷室晃子の返事を伝えた。

結局、五、六分程度の短い尋問が許可された。十津川と亀井はすぐ、氷室晃子が入っている病室を訪ねた。

もちろん、前の時と同じように、看護師長の立会いの下での、尋問だった。

十津川は、彼女に対しても、この心中事件を、心中に見せかけた殺人事件として、捜査していることを話した後、

「今回使用されたM製薬の睡眠薬ネルトンNですが、あなたが用意して、ホテルに、持参したんですか？」

「いいえ、あの睡眠薬は、市村さんが持ってきたのです」

「つまり、市村さんが、持ってきて、心中しようと、いって、あの睡眠薬を、あなたに、見せたのですか？」

「いいえ、私が、あの睡眠薬の瓶を見たのは、五月二十九日、つまり、事件の翌日のことなんです。この病院の井手先生が、薬瓶を持ってきて、今、警察が、調べているんだが、この睡眠薬は、あなたが、持ってきたのかと、きくので、私は、市村さんが持ってきたものですと、お答えしました。もちろん、最初は、市村さんが、あんな睡眠薬を持っていたとは、思いもしませんでした」

「しかしですね、薬瓶には、市村さんの指紋のほかに、あなたの指紋も、ついていたんですよ。それを、どう、説明しますか？」

亀井が、きいた。

「睡眠薬が入っていることを知らずに、ワインを飲んだ時、私のほうが先に、意識を失ってしまったのです。多分その後で、市村さんが、あの薬瓶を、取り出して、私の指紋を強引に、瓶につけたのだと、思いますわ。私の指紋がついているとしたら、ほかには、考えようがありませんもの」

氷室晃子が、いう。

「ウチの北条早苗という女性刑事が、ここに伺ったことが、あるんですよ。その時、あなたが小さな声で、『喜んでくれるかしら』と呟いたのを、はっきり聞いているのです。この『喜んでくれるかしら』という言葉は、いったい、何を指して、いわれたんでしょうか？　当然、誰々がという言葉が、頭につくと、思うのですよ。この誰々が、いったい、どういう人なのか、それを、教えてもらえませんか？」

十津川が、氷室晃子を、じっと見つめた。

「本当にそんなこと、私が、いったのですか？」

「今いった、女性刑事によると、何か、あなたが、いいたそうだったので、顔を近づけたら、今いった、いいたそうだったので、顔を近づけたら、をあなたが呟いたそうですよ。何回もいいますが、この言葉の前には、誰々がという言葉がつくはずなんですよ。その誰々というのを、教えてもらえませんか？」

「私が、そんなことをいうはずはありません。今回、市村茂樹さんと無理心中の巻き添えになってしまったことは、とても、悲しいんですよ。市村さんが亡くなって、私だけが、生き残ってしまったんですよ。それなのに、どうして、喜んでなんかいられるでしょうか？　今でも、申し訳ないことをしたと、私は思っているんですから」

「しかし、あなたは、睡眠薬は、自分が用意したものではない。市村さんが持ってきたものだと、そういったじゃありませんか？　無理心中を仕掛けてきたのは、市村さんのほうで、あなたは、巻き添えにあってしまった、いわば被害者なんですよ。そういうことなんでしょう？」

「ええ、そうです。睡眠薬を持ってきたのは、私じゃありません。間違いなく、市村さんです」

「市村茂樹さんは、今年六十歳です。エコノミストとして成功して、全国各地の講演に引っ張りだこの売れっ子で、本も、たくさん出しています。去年は、年収が五千万円もあったとも、聞いています。その市村さんが、どうして、あなたと、無理心中を図ったのでしょうか？」

「そんなことまで、お話ししなければいけないのですか？」

「ぜひとも、話していただきたいですね。何しろ、今回の事件には、心中に見せかけた殺人の疑いが持たれていて、それで今、われわれが捜査しているわけです。心中に見せかけて、市村茂樹さんを、殺してしまったのではないかという容疑が、あなたに、かかっているんですよ。この際、はっきりと、答えたほうが、あなた自身にとっても、いいと思いますがね」

　十津川が、強い調子でいうと、仕方がないというような顔で、氷室晃子が、話した。

「刑事さんが、おっしゃったように、市村先生は、有名なエコノミストで、日本全国を講演して回っていらっしゃる方です。一年前、たまたま、岐阜で講演があって、その日の夜、ウチの店に、飲みにいらっしゃったんです。先生が来たのは、閉店間際で、その日はお客さんが少なかったので、店の子たちは、早めに帰していました。先生は、大変私が気に入ったとおっしゃって、その後、時々、二人だけで会うように、なりました。しばらくして、突然、先生から、結婚しようといわれたんです。でも、私は、小さなクラブのママですけど、市村先生は、有名な方だから、結婚しても、うまく、行かないに決まっています。そういって、丁重にお断りしていたのですが、市村先生は、会うたびに、君のことが、気に入ったから、どうしても結婚したいと、おっしゃるのです。私も、ずっと、一人でいるのも不安ですし、景気も悪く、お店の経営も、楽ではありませんでしたので、そこまで、熱心にいってくださるのなら、市村先生と結婚をしてもいいかなと、そう思うようになって、イエスとお答えしたのです。そのあと、先生が岐阜や名古屋にいらっしゃった時には、私が、先生の、泊まっていらっしゃるホテルに行き、一緒に、夜を過ごすことが多くなってきました。

　ところが、そうなると市村先生は、何か、気に食わないことがあると、すぐに、暴力を、ふるうようになりました。首を絞められたり、一度などは殴られて、私の左目が、見えなくなってしまったこともあるんです。お医者さんに行って治療を受けて、何とか、治ったんですけど、視力は、もともと一・〇だったものが、〇・三くらいに、なってしまいました。そんなことがあってからというもの、先生から電話がかかってきても、怖いので、お会いしないようにしていたのです。

　すると、五月の二十七日に、東京の先生から、電話があって、今までのことは、本当に、申し訳なかった。君と結婚するのは、もう諦めた。ただ、今までのことについて、心から、お詫びしたい、誠意を、あなたに示したい。だから、ぜひ、東京まで、来てほしい。そういわれたので、翌日の二十八日の夜、私は、お台場の、ホテル東京ベイに行きました。そうしたら、睡眠薬の入れられたワインを、そうとは、知らずに、飲まされてしまったのです。市村先生は、私に未練があって、関係を修復したいと、いいだしました。私はきっぱりと、断りました。それで、無理心中を図ったのではないかと、思います。

市村先生に、助けを呼んで貰おうと、お願いしたのは、覚えています」

「市村茂樹さんは、あの日、一千万円の現金を、ボストンバッグに入れて、ホテル東京ベイに、持ってきていたんですよ。市村さんは、その一千万円のことを、あなたに話しましたか？」

十津川が、きいた。

「いいえ、全然お話しになりませんでした。とにかく、もう会うことも、ないだろうから、最後に、二人だけの、乾杯をしよう。そうおっしゃって、ワインを、開けられたんです。一千万円というお金のことは、全く知りません。今、刑事さんから、聞かされて、初めて知りました」

氷室晃子が、いった。

十津川には、氷室晃子の話には、ウソがないように、聞こえた。

市村茂樹が、今まで、迷惑をかけたことを謝りたいからといって、ホテル東京ベイに呼び寄せたのも事実だろうし、一千万円の現金を持っていってもいる。

氷室晃子は、市村茂樹から、結婚してくれといわれて、一度はＯＫをしたのだが、何かというと、暴力をふるう市村に、嫌気がさして、結婚を、断ってしまった。

市村は、暴力をふるったことを、詫びたいといい、一千万円の現金を持って、ホテルで氷室晃子を迎えた。

しかし、彼女と、話しているうちに、どうしても、別れられないと思い、市村は、用意してきた一千万円の代わりに、これも用意してきた睡眠薬を使って無理心中を図った。

市村は、最初から一千万円を渡そうか、それとも、睡眠薬で無理心中を図ろうか、その両方を、考えていたのだろう。

これで、一応、辻褄は合うのである。

5

十津川は、先日、氷室晃子を、見舞いに来た女友だちというのが、天田敏子という女性であることを、教えてもらった。

天田敏子は、岐阜の生まれで、氷室晃子とは、高校時代の、同級生だった。当然、年齢も、氷室晃子と同じ三十歳である。

十津川は、氷室晃子には内緒で、亀井と二人、渥美半島に向かった。

天田敏子は、二十三歳の時に、渥美半島で旅館をやっている、天田一郎と結婚した。

二人の刑事は、その旅館に、天田敏子を訪ねていった。

旅館の屋号は、天田屋である。現在、天田敏子は、その旅館の女将として、働いていた。

十津川は、亀井と一緒に、その旅館に一泊することにして、夕食の後、女将さんの天田敏子に、話を聞いた。

「高校時代、彼女は、私たちのリーダー的な存在でしたわ。頭もよくて、試験の時などよく彼女のノートを、見せてもらったり、夏休みには、一緒に、旅行なんかにも行ったりしたものです。私は、どちらかといえば、イジメられっ子でしたけど、彼女には、よく、助けてもらいました」

天田敏子は、そういって、微笑した。

「氷室晃子さんが、先日、東京のホテルで、市村茂樹さんという、著名なエコノミストと心中を図ったんです。そして、彼女は生き残りましたが、市村茂樹さんは、亡くなってしまいました。それで天田さんが、病院まで見舞いに行かれたとき、この話は、出ましたか？」

「ええ、少しだけですけど」

「この話を、お友だちのあなたはどう思いますか？」

「私は、本当に、ビックリしてしまって、あの晃子が、どうして、そんなバカなことをしたのかと思いました。先日、東京まで、彼女をお見舞いに行って、直接話をしたら、いろいろなことが、分かりました。歳が倍も、離れている市村さんという人から、何度も結婚を迫られて、一回は、彼女もその気になったのだが、市村さんから暴力をふるわれるようになったので、結婚を断ったところ、晃子に未練のある市村さんが、無理心中を図ったんだそうです。運よく、彼女だけが、助かった。そういうことが分かったので、私も了解しました。彼女は昔から、面倒見がよくて、美人だったから、男性からも、好かれるんですよ。今回は、きっと、ストーカー的な男性に、ぶつかって運が悪かったんですよ。私は、そう、思いますよ」

天田敏子は、いった。

「氷室晃子さんに、何か、持病はありませんでしたか？」

亀井が、きくと、敏子は、「え？」という顔になって、

「持病？　持病って、何ですか？」

「例えば、心臓が、弱いとか、あるいは、三十歳の若さでも、糖尿病で、苦しんでいる人もいますが、氷室晃子さんも、糖尿の気があったとか、リウマチの気があったとか、そういうこと

は、聞いていませんか？」

「高校時代から、彼女は、勉強もできたけど、スポーツも、万能だったんですよ。今だって、健康そのもの。羨ましいくらい」

「それでは、氷室晃子さんが、睡眠薬を常用しているという話は、聞いたことがありませんか？」

これは、十津川が、きいた。

「そういう話は、一度も、聞いたことがありません。ただ、晃子は、岐阜でクラブのママさんをしていたわけでしょう？　どうしても、時間が不規則になりますから、もしかしたら、睡眠薬のお世話になっていたのかもしれませんけど。ですから、疲れているとは思いますけど、晃子というのは、もともと、そのくらいのことは平気な人なんですよ」

6

市村茂樹については、前に、彼の秘書から話を聞いている。

糖尿病を患っている上、最近、さすがに、仕事が忙しすぎるのか、あるいは、歳のせいか、疲れやすくなった。それで一週間、休みを取るからその間、一切連絡するなと、市村茂樹にいわれていたと、秘書は、話していた。

しかし、だからといって、市村茂樹が、氷室晃子と、心中を図り、自分だけが死んでしまったとは、断定はできない。

その日、二人の刑事は、渥美半島の天田屋旅館に泊まった。

帰京する前に、岐阜中警察署に寄って、その後の、再捜査の状況を聞いてみたいと思ったからである。

　翌日、旅館で朝食を済ませてから、捜査本部を、訪ねると、末永警部が、十津川に向かって、

「少しだけですが、捜査に、進展がありましたよ」

　と、嬉しそうに、いった。

「どういう進展ですか？」

「生き残った藤本智之ですが、大学時代、もっと、正確にいいますと大学三年の時に、睡眠薬を使って自殺を図ったことが、あることがわかったんです。その時に使った睡眠薬というのが、チブリゲン、つまり今回のネルトンNと同じものだったんです。そして、死なずに生き返ったのです。これで、ほんの少しですが、藤本智之が、心中に見せかけて、水島和江を殺した可能性が、出てきたわけです。つまり、藤本智之は、大学三年の時に、一度、予行演習をした経験があるとも、いえるんですよ」

第五章　過去への旅

1

　十津川は、岐阜に来たばかりだったが、急遽、東京に帰り、長良川で、心中事件を起こした藤本智之、三十六歳について、調べることにした。東京で起きた心中事件にも関係がありそうな気がしたからである。

　まず、岐阜県警で教えられたことに対する確認である。

岐阜県警では、長良川で、心中を図って、死ななかった藤本智之が、大学三年生の時に、同じ睡眠薬、当時の名前は、違っていたが、それを使って、自殺未遂を起こしていることを、突き止めている。その確認である。

　十津川は、亀井と二人、確認のために、藤本智之が、卒業したK大学に行き、応対してくれた事務局長に、聞くと、最初は否定された。

「しかし、岐阜県警では、そのことを、知っていましたよ」

　十津川が、いうと、事務局長は、肩をすくめて、

「岐阜県警の方に、どうしても、事件の捜査に必要だからといわれたので、仕方なくお教えしたんです。しかし、藤本智之さんが、自殺を図ったのは、大学三年の夏休みです。それも、校

内で、自殺を図ったというわけではありません。あくまでも、彼の、プライベートな問題ですからね。後になって、ご両親から教えられましたが、最初は、学校も、知りませんでした。何しろ、藤本さん自身が、何も話しませんでしたからね」

「大学三年の夏休みですか？」

「ええ、そうです」

「自殺を図った理由は、いったい、何だったのですか？」

十津川が、きくと、事務局長は、書類のページを繰りながら、

「ここには、失恋のためと、書いてありますが、これは、藤本さんのご両親の言葉を信じて、そのまま書いたので、それが本当の理由だったのかは、分かりません。そこまでは、学校としては、介入するわけにはいきませんからね」

「ご両親は、まだ、ご健在でしたよね？」

「ええ、そうです」

「ご両親の名前を、ご存じですか？」

「父親のほうは、藤本明典（あきのり）さん、現在六十八歳、母親のほうは、藤本敬子さん、現在六十四歳です」

「お父さんの、藤本明典さんというのは、何をしていらっしゃる方ですか？」

「たしか、藤本さんと同じ、R重工の社員で、藤本さんが生まれた時、ご両親は、R重工の社員寮に、入っていたと、聞いています。お父さんの、藤本明典さんは、六十五歳で定年になり、現在、同じR重工で、嘱託（しょくたく）として働いているそうです。何でも、R重工では、七十歳まで、嘱託として働けるようで、その後は、年金生活

になるそうです。律儀なかたで、智之さんの件があってから、十五年も経つのに、今だに、お手紙をくださる人ですよ」

　現在、その社宅が、府中(ふちゅう)にあると聞いて、十津川は、パトカーを、府中に向けて飛ばした。

　一時、日本の終身雇用は、社員が、会社の奴隷(どれい)になることだから、禁止したほうがいいという議論が、あったりしたが、現在のような不安定な雇用関係になってくると、日本の終身雇用を見直そうという空気が生れてきているという。

　府中市の郊外、広大な敷地に、七階建ての社宅が、ズラリと並んでいた。

　その三号棟の最上階に、藤本明典と敬子の夫妻は住んでいた。

　十津川たちが訪ねた時、嘱託として七十歳まで働くという藤本明典は、まだ会社から、帰ってきていなくて、妻の敬子が、ひとりで迎えた。

2

敬子は明らかに、二人の刑事の来訪を迷惑がっていた。

　彼女は、それを、言葉に出した。

「息子のことについては、何を話しても、誤解されそうですので」

「ご主人の、藤本明典さんも、息子さんと同じように、R重工の、社員だったんですね？　定年退職した今も、嘱託として、七十歳まで働くおつもりだと、お聞きしたのですが、いわばR重工一家ですか？」

　十津川が、きいた。

「昔は、私どものような家庭が、多かったんですよ」

と、敬子が、いう。

夫の明典は、六十五歳の、定年の時には、課長補佐だったというから、息子の智之が、三十六歳で、R重工の業務課長というのは、かなりの出世である。

夫婦で、この社宅に入った時は2DKで、現在は、改装されて、それよりも、少し広い2LDKになっていると、敬子が、いった。

「それでは、智之さんは、この社宅で生れ育ったわけですね？」

「ええ、大学を、卒業するまで、ここに、おりました」

「智之さんが、大学三年生で自殺を図った時も、ここでですか？」

「はい、そうです」

その頃、ベランダ寄りの、六畳間を、一人息子の智之に、与えていたという。

「あの時、主人は会社に出勤していて、私は買い物に、出かけていました。帰ってきて、息子の名前を、呼んだんですが、返事がないんです。息子の部屋を見てみたら、息子は、ぐったりしていて、睡眠薬の瓶が、床に転がっていました。慌てて、救急車を呼んで、行きつけの病院に運びました。何とか助かって、ホッとしたのを、覚えています」

「今日、智之さんの卒業されたK大学に行って、話を聞いてきました。智之さんの自殺の原因は、失恋だと、教えられたのですが、それは、本当ですか？」

「詳しいことは、何も分かりません。退院してから、智之に、いろいろと聞いたのですが、智之は、自殺しようとした理由を全く、話さないんですよ。今でもです」

　父親の、藤本明典が、会社から、帰ってきた。

　十津川が、父親にききたかったのは、自分と、息子の二代にわたって、勤務しているR重工に対する気持だった。

「藤本さんに、おききしたいのですが、藤本家は、親子二代にわたって、R重工の社員ですよね？　そのことについて、何か感想のようなものは、ありませんか？」

　十津川が、きくと、藤本明典は、こんな答えをした。

「私が五十代の頃、大学を卒業した息子の智之も、R重工に、入ったので、週刊誌から取材を受けたことがあるんですよ。二代にわたって、R重工で働くことについて、どんな、感想がありますか？　また、マスコミには、社畜（しゃちく）という言葉が、ありますが、それについては、どう思いますかと聞かれたんですよ」

「それで、あなたは、どう答えたんですか？」

「会社のために、身を粉にして働く覚悟はある。しかし、社畜という言葉には、腹が立ちます。そう答えました。その言葉からすると、まるで、会社の奴隷のように、思われるわけでしょう？　でも、奴隷というのは、自分の境遇を自分では、変えられませんが、サラリーマンというのは、会社を辞めたいと、思ったら、自由に、辞められるのですから、大変な違いです。社畜という言葉には、当たらない。そういいました」

「息子さんの智之さんは、大学三年の時に、この社宅で、自殺を図りました。理由ですが、大学で聞くと、失恋ということでした。それで、間違いありませんか？」

十津川が、念を押した。

「そのことについては、本人が、いまだに、何もいいませんから、実際には、分からないんですよ。ただ、当時、智之には、付き合っていたガールフレンドが、いましたから、もしかしたら失恋ではないかと、思って、大学の事務局長の方には、当時、そう話したのは覚えています。大学の職員のかたには、色々とご迷惑をかけました」

「大学三年の時に、睡眠薬で自殺を図った智之さんが、今回、岐阜の、長良川で、水商売の女性と、心中を図りました。そのことについては、どう、考えておられますか？」

「今回の件については、女性の方に、本当に申し訳ないことをしたと、思っております。六年前に、結婚して、うまく行っているとばかり思っていたのに、今度の事件ですから。本当に、女性の方のご両親にも、申し訳ないと、ただ、お詫びするだけです」

藤本明典が、いった。

十津川が確認すると、藤本智之が、自殺を図った時に、救急車で運ばれたのは、三鷹市内の、N病院だという。そこで、N病院に行って、話を聞くことにした。

3

当時も今も、N病院は大きな総合病院である。

幸い、七十歳の院長、白井医師は、その時のことを、よく覚えていて、十津川たちに、話してくれた。

「あの時のことは、今でも、はっきりと覚えていますよ。幸運が、重なって、助かったわけですから」

「どういう偶然が、重なったんですか？」

「まず第一に、お母さんの発見が、早くて、救急車で、すぐここに、運ばれてきたこと。二番目に、大学三年生で、体力があったこと。第三は、睡眠薬で自殺を図ったんですが、藤本さんは、最後になって、苦しくなったのか、吐いたんですね。もしあの吐瀉物を飲み込んでいたら、ノドが、詰まって死んでいたと、思います」

「そのときに、使用された睡眠薬は、M製薬のチブリゲンだと、聞いたのですが、何でも、M製薬が新しく発売しているネルトンNと同じ成分だそうですね？」

「本当です。睡眠薬には、早く効くものと、長く効くものとが、あるのですが、チブリゲンは、早く効く、睡眠薬です」

「睡眠薬による自殺とか、心中の時には、致死量を飲んだかどうかということが、必ず問題になりますが、藤本智之さんが、大学三年の時に自殺を図った時は、どうだったのですか？　致死量を、飲んだのですか？」

亀井が、きいた。

「致死量というのは、本当は、判断するのが難しいんですよ。一般の成年男子にとってということなら致死量でした。ただ、大学三年生の藤本さんの個人的な体力に比べて、それが致死量だったかどうかは、分かりません」

「どうしてですか？」

「藤本智之という人は、日本人として、肝臓が、ひじょうに、丈夫なんですよ。一般の日本人は、外国人に比べて、肝臓の働きが弱いので、酒を飲んでも、すぐに酔ってしまう人が多いのです。

藤本智之さんの場合は、日本人離れした、強い肝臓を持っていましてね、それで、助かったという一面もあるのです」

「肝臓が強いと、いったい、どうなるのですか?」

「まず、お酒を飲んでも、あまり、酔いませんね。普通の人に比べて、麻酔が、効きにくいですね。もし、藤本智之さんが手術を受けるときは、普通の人の一・五倍から、二倍くらいの、麻酔薬が、必要になるんじゃありませんかね」

「睡眠薬に、対しては、どうですか?」

「よく、睡眠薬を、飲んでも、なかなか寝つかれないという話を聞きますよ」

「そうした肝臓の強さを、本人は自覚しているでしょうか?」

「それは、自覚していると、思いますよ。肝臓が強いと、酒を飲んでもなかなか酔いませんからね。私の知っている女性は、睡眠薬を飲んでも、なかなか、寝つくことができないので、睡眠薬を飲んで、それから酒を飲むと、やっと、寝ることができるといっていますよ」

「もう一つ、大学三年の藤本智之さんは、睡眠薬で、自殺を図りましたが、吐瀉物を吐き出したので助かった。飲み込んでいたら、ノドが詰まって死ぬ確率が高かったと、そういわれましたね?」

「いろいろと、幸運が重なっているのです」

「一度自殺を図って、助かったとなると、二度目の時にも、同じように、反応するものでしょうか?」

「それは分かりませんね。人それぞれですから、何ともいえません」

白井医師は、そういって笑った。

4

「藤本智之さんの自殺未遂について、岐阜県警から、問い合わせがありましたか？」

「ええ、ありましたよ」

「どういうことを、きかれたんですか？」

「大学三年生の時に、睡眠薬を飲んで、自殺を図ったのは間違いないか？　救急車で運ばれてきて、そちらで、対応したのは本当か？　そんなことを、きかれましたね」

「藤本智之さんが、人一倍、肝臓の機能が強いとか、大学三年生の時は、吐瀉物を飲み込まなかったので、助かったとか、そんなことも、岐阜県警には、話したのですか？」

「そこまでは、きかれなかったので、話していません。自殺未遂が本当かどうかだけ、きかれたんです」

「もう一度、確認したいのですが、以前に睡眠薬による自殺を図って、助かった場合、本人にとって、それが学習になるものですか？」

十津川が、きくと、白井医師は、

「学習ですか？」

と、変な顔をした。

「そうです。二度目に、自殺を図った時には、前に助かったことが、学習になっていて、助かる確率が高くなる。そんなことは、ありませんか？」

「さっきも、申し上げましたが、その判断は、かなり、難しいですよ。二度目の自殺の時に、最初から、助かるつもりで行動したのならば、普通の人よりは、助かる確率が、高くなるでしようけどね。そんな人は、なかなかいないんじゃありませんか？」

白井医師は、そんなことは、考えられないといったが、十津川は、その答えが、欲しいのだ。

長良川で心中を図った藤本智之は、大学三年生の時に同じ睡眠薬を使って自殺を図り、助かっている。

白井医師によれば、大学三年の時は、いろいろと偶然が重なったために、助かったということだが、もし、藤本智之が、その時に、学習して、今回の長良川の心中事件を、演出したとすれば、これは、明らかに殺人である。

5

十津川は、更に、白井医師に食い下がった。

「白井先生は、自殺未遂とか、心中事件とか、そういう患者を、何人も見られていますか？」

白井医師は、苦笑して、

「何か、捜査と、関係があるんですか？」

「それがまだ、分かっていなくて、困っているのです。今の質問に、答えて、いただけませんか？」

「私が、医者になってから、今までに扱った、いわゆる自殺事件は、全部で、五件です。そのうちの二件は、すでに、死亡した後に、ウチの病院に運ばれてきたもので、ほかの三件は、何とか手当てをしたので、助かりました」

白井医師が、親切に答えてくれた。

「助かった三件のうちの一件が、大学三年生の時に、自殺を図った藤本智之さんということですね？」

「そうです」

「ほかの二件は、どういう状況の、自殺未遂だったんですか？」

「一件は、破産した中小企業のオーナーが、自宅のガレージで、ロープを使って首を吊ったのですが、発見が早かったために、一命を取り留めました。しかし、意識が戻らず、現在も、植物状態です。もう一件は、中年のご夫妻の心中事件です。ご主人のほうが、博打（ばくち）に手を出して、大きな借金を作ってしまい、それで、奥さんが、睡眠薬を使って無理心中を図ったのです。ご主人は亡くなり、奥さんは、今も健在ですよ。ただ、心中を図る直前に、二人で離婚届を、出しています。たぶん、ご主人の莫大な借金の返済の責任が、奥さんにまで行かないようにしておいてから、無理心中を図ったのではないでしょうかね？」

「使われた睡眠薬は、今回と同じものですか？」

「いや、違います。別の睡眠薬が、使われています」

「その量は、致死量ですか？」

「一応、致死量と、私は診断書に書いています」

その後、白井医師は、改めて、

「あの事件では、ご夫婦とも致死量の睡眠薬を飲んでいましたね。奥さんのほうが助かったのは、全くの偶然です」

と、いった。

6

二人は、捜査本部に戻った。

三上本部長が、十津川に、いった。

「検察審査会の要望も、もっともだと思うんだが」

「どういう点を、問題にしているのですか？」

「こちらの心中事件で亡くなった男性は、市村茂樹、今年六十歳だ。一方、助かった女性は、氷室晃子、三十歳。ちょうど、倍の年齢だからね。それで、心中に見せかけた殺人ではないかと考える者もいて、その点を、もう少し調べてみてほしいという要望のようだ」

三上は、さらに、十津川に向かって、

「ところで、君たちは、いったい何を調べてきたんだ？」

「岐阜県警に行ったところ、向こうでは、長良川で心中を図って、一人だけ助かった男、藤本智之が、大学三年生の時に、同じ睡眠薬を使って自殺を図り、助かっていることを、もう少し詳しく、調べてほしい。そういう要請があったので、私と亀井刑事で、藤本智之の両親に会ったり、彼が通っていた大学に行って、事務局長に、話を聞いたり、自殺未遂の時の手当てをした白井という医者にも会って、話を聞いて、きました」

「それで、結論は、どうなんだ？　少しばかり、胡散臭（うさんくさ）いことになってきたんじゃないだろうな？」

「これは、あくまでも、客観的な事実で、それが、殺人事件にまで、発展するかどうかは分かりません。岐阜で問題になっている藤本智之という、現在三十六歳の男ですが、彼は、肝臓の機能が、普通の日本人に比べて、異常に強いそうです」

「肝臓の働きが、異常に強いのか？」

「そうです。日本人には、あまりない体質だそうです」

「肝臓が強いと、いったい、どういうことになるんだ？」

「まず、酒を飲んでも、めったに酔いません。手術を受ける時には、麻酔があまり効かないので、普通の人の一・五倍から二倍くらいの麻酔を、打たなければ手術ができません」

「睡眠薬に対しては、どうなんだ？」

「これは、ある女性の例なのですが、睡眠薬を、多量に飲んでもなかなか寝つけないので、それに加えて、酒を飲んで、やっと寝つくことができるのだそうです。肝臓が強いと、そういうケースもあると、白井医師は、教えてくれました」

「ほかには、どんなことが、分かったんだ？」

「藤本智之ですが、白井医師の話によると、使用された睡眠薬の量は、一般の人の、致死量に当たる量だそうです。それから、藤本智之は、吐瀉物というのですか、睡眠薬を飲んだ時に、吐いたので助かった。それを飲み込んでしまうと、ノドが、詰まって亡くなることが多いそうです。睡眠薬自殺を図って、助かる人の多くは、今いったように、吐瀉物を、吐き出してしまうのだそうです」

「それで、結論は、どうなっているんだ？」

「白井医師の話では、自殺を図って助かるのは、あくまで偶然だそうです。ただ、私は、藤本智之が、大学三年の時に同じ睡眠薬を使って自殺を図り、助かった。そのことを、学習しているかどうかが問題だと思うのです」

「自殺の学習か？」

「正確にいえば、自殺未遂の学習です。もし、藤本智之が、大学生の時に、学習していて、こうすれば、睡眠薬を使って自殺を図っても、助かることができる。そういうことを、学習していて、いざという時に使えば、心中事件に見せかけて、殺しをすることができることになります」

「それで、医者は、どういっているんだ？　学習して、自分だけが、助かるようになれるのかね？」

「医者は、できないと、いっています」

「しかし、君は、できると、思っているんだろう？」

「ええ、できるのではないかと、思ってはいます。ただ、私は医者ではありませんから、それを証明することは、できません」

「こちらの問題は、東京のホテル東京ベイで起きた心中事件だよ。男が死亡して、女が助かった。彼女はどうなんだ？　以前に、自殺未遂をしたことがあるのか？」

「これまでに調べた結果では、過去に、自殺を図ったことはありません」

「ということは、学習は、していないということだな？」

三上がちょっと笑った。

「そうです」

「これから、何を捜査するつもりかね？」

「もう一度、市村茂樹について、調べ直してみようと、思っています」

市村茂樹は、有名なエコノミストだ。本を出し、全国で、講演もしていて、去年の年収は、五千万円だ。

その市村茂樹が、突然、ホテル東京ベイで、氷室晃子という三十歳の女性と、睡眠薬ネルトンNによる心中を図り、市村が死亡し、女性の氷室晃子だけが、助かった。

市村茂樹が死んでしまっているので、生きている氷室晃子の証言しか、この事件の解明を、進める拠りどころがない。

彼女の証言によれば、岐阜に、講演にやって来た市村茂樹は、その日の夜、市内の柳ヶ瀬にある、晃子の店にたまたま立ち寄り、二人は知り合った。

妻の聡子を病気で失っている市村は、晃子のことを一目で気に入ってしまい、その後しばしば、彼女と密会するようになった。

市村は、氷室晃子のことが、よほど気に入ったのか、結婚してくれと、いった。

晃子は、相手が自分の倍の年齢で、しかも、有名なエコノミストである。自分なんかと、うまくいくはずがないと、いったんは断ったのだが、市村は、それでも、執拗に迫ってきて、その熱心さに負けた形で、結婚を承諾した。

ところが、市村には、酒を飲むと、暴力をふるうクセがあり、晃子はしばしば、殴られたり、時には、首を絞められたりして、身の危険を感じて、二度と、市村には会わないことを、宣言した。

五月の二十七日になって、市村のほうから電話があり、結婚はあきらめた、今までのことを詫びたいので、東京のホテルに、最後に、会いに来てほしい。そういわれたので、晃子は、指定されたお台場の、ホテル東京ベイに行ったところ、市村に、また、何とかして、二人の関係を修復したい。二度と暴力は、振るわないからといわれたが、晃子は、その申し出を、断った。

直後に、それでは、お別れに、ワインで乾杯しようといわれた。

勧められるままに、ワインを飲んでいるうちに、晃子は、次第に意識が、朦朧となっていくのを感じた。

その時は睡眠薬とは、思わず、何か毒を飲まされたと思い、慌てて、助けを呼んでくれるようにいったが、その直後に、意識を失ってしまった。

その後のことは、全く覚えていないと、証言している。

問題は、この証言が、正確かどうかということである。

今までに、市村茂樹について調べたところ、彼が、一千万円の現金をボストンバッグに入れて、前日から、ホテル東京ベイに泊まっていたことが、確認された。

その一千万円を、氷室晃子に対する慰謝料と考えれば、晃子の証言は、正しいことになってくる。おそらく、市村茂樹は、一千万円を渡して、その後、もう一度、やり直してみないかと、晃子を、口説くつもりだったのだろう。

しかし、晃子の拒否が、あまりにも、頑なだったので、持ってきた睡眠薬を使って無理心中を図った。そう考えれば、辻褄が、合ってくる。

果たして、この解釈が、正しいのかどうか、それを、確認するために、十津川は亀井と二人、市村茂樹について、もう一度、調べ直してみることにした。

7

翌日、市村茂樹の秘書、加藤健一郎に会った。

前に、加藤秘書に会って話を聞いた時、市村茂樹に、このところ、忙しかったので、一週間ほど仕事を休みたい。その間は、電話もかけてくるなといわれたと、いっていた。それが、五月の二十六日のことだと、教えられた。

その翌日、市村茂樹は、お台場のホテル東京ベイに、チェックインし、岐阜から氷室晃子が来て、ホテルで落ち合い、そこで、心中事件を起こしている。

たぶん、一週間以内に、全てを、片付けようと、市村は、考えたに違いない。

それが、うまく行かずに、無理心中になってしまった。そういうことならば、氷室晃子の証言の正しさが、二重に確認されたことになる。

「今日は、亡くなった市村茂樹さんについて、いろいろと、お尋ねします。正直に話していただきたい」

十津川が、いうと、加藤は、

「どうぞ、何でもきいてください」

「最初におききしたいのは、市村茂樹さんが、保守党の、竹村首相のブレーンの一人で、経済政策について、たびたび、助言をしていると聞いたことが、あるのですが、本当ですか？」

「本当です。もし、次の内閣改造があれば、市村先生が、財務大臣に推薦されるのではないかというウワサが、もっぱらでしたし、市村先生本人も、そのつもりでした。それなのに、突然、亡くなってしまって、残念で仕方ありません」

加藤秘書が、いった。

「なるほど。財務大臣に就任するという市村さんの夢が、今度の事件で、なくなってしまったわけですね？」

「そうなんですよ。こんな大事な時に、どうして、心中を図ってしまったのか、市村先生の気持ちが全く分かりません」

「市村さんは、奥さんを、亡くされていますね？」

「ええ、そうです。奥さんの聡子さんは、もともと病気がちだったのですが、二年前に、病死されました」

「その後、市村さんが、誰か、新しい女性と付き合っていたことを、ご存じありませんでしたか？　例えば、今回心中を図った、氷室晃子さんですが、その名前を、市村さんから、聞いたことは、ありませんか？」

「名前は、聞いていませんでした」

「市村さんは、全く、女性との付き合いが、なかったのですか？」

「そういえば、一度だけですが、女性と歩いているのを、見たことがあります」

「その時のことを、話してもらえませんか？」

「たしか、去年の十月頃だったと思うのです。京都に講演に行った時です。関西の経済界のトップが集まって、市村先生が、講演をすることになっていました。講演自体は、大盛況で終了したのですが、その日の夜、最初は、京都市内のホテルに、一泊してから東京に帰る予定になっていたのですが、なぜか、私に向かって、先に、東京に帰っていてくれ、ちょっと寄るところがあるからと、いわれたんです。それで、私一人だけ新幹線で先に、東京に帰ることにしたのですが、その前に、家族に、お土産(みやげ)を買いたいと思って、夕方、四条通を、歩いていたのです。そうしたら、市村先生が、女性と二人で歩いているのを、目撃しましてね。女性は、すらっとした、若い女性でしたね。とにかく、和服がよく似合う人でしたよ」

「顔は見ていますか？」

「あの時、先生と女性は、通りの向こう側を歩いていたので、はっきりとは、見ていないのです。でも、これは素人（しろうと）の女性ではないな。どこかのクラブのママさんかなと、思いましたね」

「どうして、そう、思ったのですか？」

「和服の着方が、いかにもそれらしかったんですよ」

「それが、去年の十月ですか？」

「ええ、十月五日の夕方です。その時は、京都の祇園（ぎおん）辺りの、どこかの、クラブのママさんかなと、思いましたが、今になってみると、岐阜から、先生が、例の彼女を、呼んだのかもしれませんね」

「その女性を、見たのは、その時一回だけですか？」

「そうなんですが、その後、時々、先生が女性に、携帯電話をかけているのを、見ていますよ」

「どうして、電話の相手が、女性だと分かるんですか？」

「そんなもの、話の内容から簡単に分かるじゃありませんか？」

「市村さんは、あなたの前で、堂々と、女性に電話をしていたのですか？」

「いや、私が、先生に用があって、部屋に入っていくと、ちょうど先生が、女性に電話をしているところで、慌てて、切るようなことが、しばしば、ありました。今から考えると、その女性と、モメていたのかも知れません」

「どんなことで、モメていたのか、わかりましたか？」

「今年になってから、急に竹村首相が内閣改造するのではないかというウワサが、出たじゃありませんか？　それで、うちの先生にも、そちらの筋から、時々電話が、あったのです。実際、首相官邸に呼ばれて、先生が一人で出かけていったことも、二、三度ありましたよ。先生も、ついに、政界入りかなと思ったこともあります。そんな時だったので、女性関係で、モメていたりすると、せっかくの政界入りのチャンスが、ダメになってしまうかも知れません。それで、先生は、困っていたんじゃ、ありませんかね？　先生は、そういうことは、私には何もおっしゃいませんでしたけどね。明らかに、そういう事情だったことは、間違いないと、思っています」

「亡くなった市村さんの奥さんのことなんですが、市村さんは、奥さんを、殴ったりしていませんでしたか？　いわゆる家庭内暴力、ＤＶですが、そういうことはありましたか？」

「奥様やお嬢様からは、そういう話は、聞いたことがありません。そういうことは、分かりませんよ」

「市村さんは、高名なエコノミストで、本を出版したり、全国を講演して回ったりしていますが、Ｍ製薬という、製薬会社の社長や、あるいは、重役と、親しかったということはありませんか？」

「先生は、交友関係が、広かったですから、大企業の社長さんたちとは、いずれも、親しかったと思っています。たしか、Ｍ製薬の社長は、朝比奈（あさひな）さんでしょう？」

「ええ、そうです。朝比奈克彦さんです」

「朝比奈社長と先生が、料亭で食事をしながら話し合ったことが、たしか、二、三回あったんじゃないですかね。私は、先生と一緒に、その料亭に、お供したときに朝比奈さんを見ていますから」

次に、十津川たちは、市村茂樹の娘、智子に会うことにした。

智子は、現在二十五歳。大学を卒業した後、外国映画の輸入を、仕事としている会社で働いていた。

大学を卒業して、その会社に勤め始めた時から、現在も、マンション暮しである。

十津川と亀井は、四谷にあるマンションに、市村智子を訪ねた。

十津川が警察手帳を見せると、智子は、なぜか嬉しそうな顔になって、

「やっぱり、父の事件は、殺人事件として、捜査されるんですか？」

と、いった。

「いろいろな可能性が、考えられます。それで、お嬢さんのあなたに、お父さんの市村茂樹さんのことをいろいろとおききしたいと思って、お伺いしたのです」

「まだ、殺人事件だと、決まったわけでは、ないのですか？」

智子が、口惜しそうな顔になった。

「そうです。あなたは、あの事件のことを、どう思って、いらっしゃるんですか？」

「殺人に、決まっていますわ。父は、総理大臣の、ブレーンの一人なんですよ。その上、次の内閣改造の時には、財務大臣に、どうかという

話まで来ているんです。そんな父が、大切な今、水商売の女性と心中なんかするもんですか。女性に殺されたんです」

「お母さんは、二年前に、病死していますよね？」

「ええ」

「その後、お父さんが、若い女性と、付き合っていたという、情報があるんですが、相手の女性と会ったことがありますか？」

「父が亡くなった直後は、気が動転していたのですが、父が女性と一緒にいるのを、二度ばかり、見たことがあります」

「その女性の顔、覚えていらっしゃいますか？」

「それが、チラッとしか、見ていないんですよ。父が、おおっぴらに、紹介してくれていたら、どんな女性か、分かったのに、私に内緒で、隠れて会っていたので、チラッとしか見ていないんです」

「どんなところで、ご覧になったんですか？」

「一度は、今年の三月の初めだったと、思うんです。父のマンションに行ったら、父が、女性と一緒にマンションから出てくるところを、見かけてしまったんです。上品な洋服を着た、若い女性でした。その時、父は、なぜか、狼狽（ろうばい）した感じで、その女性と離れて、私のほうに、走ってきて、いい訳がましく、よく行くクラブのママさんなんだ。深い付き合いの女性じゃないよといったのを、覚えているんです」

「二度目に会ったのは、どこでですか？」

「その一カ月後に、京都で、外国映画のお祭りがあったんです。私は、ウチの社長と一緒に、仕事で、京都に行っていました。その時、社長と一緒に、食事をしようと、夜、祇園を、歩いていたんです。そうしたら、父が女性と一緒に歩いているのを、見てしまって。母はもう亡くなっているんですから、父が、若い女性と付き合っていても、構わないんですけど、何となく、イヤな気がして、私のほうから逃げてしまいました。その時も、父と一緒にいたのは、二十代半ばから三十歳ぐらいの、きれいな女性で、和服姿でした。粋な感じの無地の和服を着ていたので、素人の女性じゃないな。どこかの店の、ママかなと、思ったことがありました。たぶん、同じ女性だと思います」

「そのことについて、お父さんに、きいたことがありますか？　どんな女性と、付き合っているのかとか」

「いいえ、父に、直接きいたことは、ありません。ただ、秘書の加藤さんに、きいたことはあります」

「その時、加藤さんは、何といっていましたか？」

「加藤さんは、そのことで、困っていました。近く、内閣改造があって、その時は、市村先生が、財務大臣に推薦されるんじゃないか、そんなときに、変な女と付き合っていたら、せっかくの話がダメになってしまう、秘書として心配だ。そんなことをおっしゃっていました。それがきっと、父と心中事件をおこした氷室晃子という女性じゃないかと、思うんです」

「お父さんは、亡くなったお母さんと、うまくやっていたんでしょうか？」

「どうして、そんなことを、お聞きになるんですか？」

「実は、市村さんには、家庭内暴力を、ふるうクセがある。そんなウワサもあるので、確認したかったんです」

十津川が、いうと、智子は、不愉快そうに眉を寄せて、

「そんなこと、私は知りません。母に暴力をふるっている父を見たことは、一度も、ありません」

「しかし、あなたは、大学時代から、ひとりで、マンション暮らしを始めていますね？」

「ええ、そうですけど」

「それは、今から、何年前ですか？」

「七年前です」

「高校時代は、どうだったんですか？　高校にも寮があったと、聞いているんですが」

「ええ、たしかに、高校のときも寮がありましたけど、それは使っていません」

「そうなると、二年前にお母さんが、亡くなるまでの、五年間は、ご両親と一緒ではなかった。そういうことになりますね？」

「でも、その前は、両親と一緒に暮らしていましたが、父が母に暴力をふるうのを見たことはありません」

智子は、強い調子で、いった。

8

十津川は、三人目に、竹村首相の何人かいる秘書の中から、四十代の、八代という秘書に会うことにした。

アポを取り、首相官邸近くの喫茶店で、八代秘書と、会った。

　十津川は、単刀直入に、

「先日亡くなった市村茂樹さんを、ご存知ですか？」

「ええ、もちろん、よく、知っていますよ。何しろ、市村さんは、竹村首相の、ブレーンの一人ですから」

「市村さんは、竹村首相とも、たびたび、会っていたわけですか？」

「ええ、何回かは、会っているはずです」

「一時、今年の春には、内閣改造がある。その時には、竹村首相が、市村さんを、財務大臣として迎えたいという意向を、持っている。そういう話が、あったと聞いているんですが、本当ですか？」

「たしかに、そういう話は、出ていましたね。竹村首相は、市村さんの経済問題に関する見識を、高く評価していましたから、内閣改造の際には、市村さんを含めて、何人かの中から、新しい財務大臣にしようと考えていたと思うのですよ。ただ、内閣改造は、社会情勢から、しばらく先送りに、なってしまいましたが、実現していたら、市村さんは、財務大臣の候補三人のうちに、入っていたんじゃありませんか？」

「市村さんは、奥さんを、病気で亡くされています。そのためか、若い女性、それも、クラブのママと、付き合っていた。もし、内閣改造が、あったとしても、女性問題のある市村さんを、財務大臣に推すのは、難しいのではないか？この点はどうでしょうか？」

「刑事さんは、いろいろと、調べておられるのですね」

　感心したように、八代が、いう。

「調べるのが、仕事ですから」

「たしかに、市村さんが、どこかのクラブのママさんと、付き合っているというウワサは、耳にしていました。普通の場合ならば、奥さんを、亡くされているのですから、別に、どうということはないのですが、次の内閣改造では、市村さんは、財務大臣候補三人のうちの、一人ですからね。そんな時に、女性関係で、問題を起こされては困ります。そう、思ったので、市村さんに、お会いして、それとなく、注意をしたことがあるんですよ」

「市村さんは、どう答えたのですか？」

「もし、そういうウワサが、立っているのならば、本当に、申し訳ないと、まず謝られましたね。たしかに、小さなクラブをやっているママと、付き合っていると、いわれました」

「それで、すぐに、別れるようにと、市村さんに、いったのですね？」

「そうです。もし、財務大臣になることを、希望されるのなら、政界は怖いところで、もし、女性問題があれば、それをネタにして、一斉に攻撃してきますからといったのです。市村さんは、困ったような顔を、されていましたね。何とかすると、いわれましたが、どうも少しばかり、深みにはまってしまっていて、簡単には、その女性を、切れないのではないのか？　そんなことを思ったのを、覚えています。そうしたら、今度の事件があって、ああ、やっぱりと、思いましたね」

どうやら、市村茂樹が、去年の十月頃には、氷室晃子と、付き合っていたのは、本当のことらしい。

ただ、これだけでは、まだ、断定はできないので、次に、市村茂樹と大学の同窓生で、これまでに、市村の本を何冊か出版している、S出版の林という出版部長に会うことにした。

林は、市村茂樹が、亡くなったことを、しきりに、悔しがっていた。

「市村は、まだまだ、これからの人間だったんですよ。次の内閣改造の時には、財務大臣になるのではないのか？　そうなれば、日本経済の、舵取り役になるわけですからね。私も大いに、期待していたんですよ。その寸前に、亡くなってしまって、残念で仕方がありません」

「先日、市村さんは、岐阜の柳ヶ瀬で、クラブをやっているママさんと心中事件を、起こしましてね、女性は助かったのですが、市村さんは、亡くなってしまいました。そのことは、林さんも、もちろんご存じなんでしょう？」

「名前までは、知りませんでした。ただ、市村が、どこかの、クラブのママさんと付き合っているという話は、聞いていました」

「それは、どなたから、お聞きになったのですか？」

「市村が、次の内閣改造では、財務大臣に起用されるんじゃないかというウワサを、聞きましてね。どのくらい信憑性があるのかと思って、政界のことに詳しい、友人の、政治評論家に、聞いてみたんですよ。そうしたら、竹村首相が考えている新しい財務大臣として、三人の名前が、挙がっていて、市村は、その一人だというんですよ。それはすばらしい。私も微力ながら、市村を、後押ししてやろうかと、思ったのですが、その評論家が、続けていうには、問題が一つあって、市村茂樹が今、水商売の女性と、付き合っているというウワサがあってね、それが、ひょっとすると、問題になるかもしれない。国民は、そういうことを気にするからね。竹村首相が、それを怖がって市村さんを推さなくなるかもしれない。そういうんですよ」

「それで、林さんは、市村さんに、忠告したんじゃないんですか？」

「忠告しようかなと、思っていたんです。どうも、こういうことは、なかなか、忠告しにくいんですよ。何しろ、市村のヤツ、奥さんを亡くしていますからね。いわば独身だから、どんな女性と、付き合っても、いいじゃないか、そういう気持ちが、あったので、忠告しにくかったんですよ。こんなことに、なるのなら、ちゃんと忠告しておけばよかったと、後悔しているんです」

「林さんは、亡くなった、市村さんの奥さんとも、お付き合いが、あったんですか？」

「そうですね、市村とは、仕事での付き合いもあったし、大学時代からの、親友ですからね、何回か、市村の家に遊びに行ったことがありますよ」

「市村さんが、家庭内で奥さんに、暴力をふるう、いわゆるＤＶ、家庭内暴力のクセがあったというウワサも、あるのですが、本当ですか？」

「いや、私の知っている限りでは、市村には、そういうことは、ないと思いますがね、しかし、私は、市村の家庭を、覗き見していたわけじゃありませんからね、もしかしたら、あったのかもしれませんが分かりません」

「親友のあなたから見て、市村さんというのは、どういう人間ですか？」

「ずいぶん漠然とした質問ですね」

　林は、笑ってから、

「頭もいいし、勉強家だし、それに、決断力もあるから、総理大臣のブレーンとしては、適任ではないかと、思っていましたけどね。ただ、少しばかり、独断的なところも、ありましたね。人の意見には、あまり耳を貸さず、何でも、自分で決めてしまうんですよ。そういうところが、良くも悪くもありましたね」

「最後に一つおききします。市村さんは、何か問題が起きると、それを、お金で解決しようとする人でしたか？」

「いや、それはないと、思いますが、それも分かりません」

　と、林が、いった。

第六章　視点を変えて

1

十津川は、捜査本部に戻ると、竹村首相の秘書、八代に聞いた話を、そのまま、三上本部長に伝えた。

「なるほどね。亡くなった、市村さんというのは、次の内閣改造では、財務大臣に推されるほどの知識と手腕があった人なのか」

「そうです。八代秘書にいわせると、間違いなく、市村さんは、次期財務大臣候補の一人だったそうです。ただ、八代さんも、市村さんが、奥さんを亡くした後、どこかのクラブのママと、付き合っていたことは、知っていたようです。財務大臣ともなると、そういう異性関係が、マスコミなどに取り上げられ、問題にされることがあるので、その前に、その女性との関係は、きれいにしておくように注意したのだがと、八代さんはいっていました」

「市村茂樹は、その忠告に従って、女性関係を、清算しようとした。ところが、失敗してしまった。つまり、そういうことなのかね？」

「市村茂樹は、一千万円の現金を持って、台場のホテルで、氷室晃子と、会っています。おそらく、持参した、一千万円というのは手切れ金のつもりで、それで、別れてもらおうと思ったが、女は納得しなかった。そこで、市村茂樹は絶望して、これも用意してきた、ネルトンNという睡眠薬を使って、無理心中を、図りました。今回の事件を振り返ると、一応、そういうことに、なるのではないかと、思うのですが」

「しかし、どうも、納得できないところがあるね」

三上が、難しい顔をした。

「はい。私にも、ちょっと引っ掛かるところがあります」

「君は、どんなところが、引っ掛かるんだ？」

「関係があった女性、氷室晃子と会う時、市村茂樹は、一千万円の現金を、持っていきました。その一千万円で、氷室晃子との仲を清算しようとした。ここまでの流れは、分かるのです。市村茂樹と別れたくなかった氷室晃子が、それを、拒否しました。これも、分かります。しかし、それから先が、分からないのですよ。何しろいきなり、心中になってしまいます。それも、いわゆる、無理心中です。手切れ金を渡して別れることが、失敗したら、次は無理心中というのが、あまりにも、飛躍しすぎているように、思うのです。普通だったら、もう少し、時間をかけて、懸命に説得してみるとか、弁護士を立てて、話し合うとか、ほかにも方法は、いくらもあるじゃないですか？　それに、市村茂樹は、今年六十歳で、分別もあるはずです。次の財務大臣になろうかというほどの男が、女と別れにくいからと、いきなり無理心中を図るというのが、私には、どうしても、納得できないのですよ」

「同感だ。市村茂樹の行動はあまりに、短絡的すぎる」

「そうですね」

「今夜六時から捜査会議を開く。その時に、もう一度、疑問を、ぶつけ合おうじゃないか？　私と君以外にも、この無理心中には、納得できない者もいるはずだからな。意見を聞いてみよう」

三上本部長が、そういった。

2

三上本部長と十津川が、予想した通り、捜査会議では、さまざまな意見が出た。

最初に、若い西本刑事が、

「市村茂樹は、氷室晃子と、別れるつもりで一千万円の現金を手切れ金として用意しておきながら、その一方で、大量の睡眠薬を持って、ホテルに、行っていると考えられます。いったい、市村茂樹の気持ちは、どうだったのか。氷室晃子に未練があったのか、それとも、彼女と、きっぱり別れるつもりだったのか？　私には、そこが分かりません」

その疑問に対して、四十五歳の亀井刑事が、自分の考えを、口にした。

「たぶん、市村茂樹自身も、迷っていたんじゃないかな？　次期財務大臣の候補にも、挙げられていたのに、水商売の女と付き合っている。とにかく、女のことを、きちんと始末してからでないと、財務大臣には、推せないと、市村茂樹は、いわれていたんだ。しかし、その一方で、市村茂樹は、氷室晃子に、参っていた。だから、一応、一千万円の現金を、用意していったが、女から別れたくないといわれた途端に、市村茂樹は、どうしていいか、分からなくなってしまったんだよ。そんな気持ちに、なったとしても、市村茂樹には、竹村首相への恩義があるから、その女と一緒になるわけにも、いかない。何しろ、六十歳といえば、いろいろと、考えてしまう年代だからね。その時は仕方がない。二人で心中してしまえば、竹村首相へのいい訳にもなる。そう思って、一千万円と、睡眠薬を持っていったんじゃないのかな。そう考えると、私には、それほど、矛盾しているようには思えなくなるんだがね」

「それでも、私は、この心中事件が不思議で仕方がありません」

今度は、北条早苗刑事が、いった。

「その理由は？」

三上本部長が、きく。

「市村茂樹は、次の内閣改造の時には、財務大臣に、推されるということですが、次の内閣改造は、すぐには行われなくて、早くても、来年の春だと、聞いています。まだ時間があるのです。一千万円の手切れ金を、用意していっても、相手が、別れたくないといったら、すぐに睡眠薬を持ち出して、心中を図るのではなくて、時間を、かけてでも、相手を説得して別れる方向に持っていこうとするのが、普通のやり方なのでは、ないでしょうか？」

「私も、北条早苗刑事と同じ疑問を、持っています」

十津川が、いった。

「しかし、現実に心中事件が起き、女だけが助かり、市村茂樹が死んだんだよ。君が、もし、疑問を持つのなら、実際には、何が起きたのか、想像でも、構わないから、説明してくれないか」

　三上は、十津川を促した。

「たしかに、心中事件は、発生しています。しかし、市村茂樹が睡眠薬ネルトンNを用意したのではなくて、用意したのは、女性の氷室晃子のほうではないか？　私は、そう、考えているのです」

「しかし、なぜ、氷室晃子が、市村茂樹と心中事件を、起こすんだ？　それほど、氷室晃子は、市村茂樹を愛していたのかね？」

「いや、そうは思えません」

「それなら、市村茂樹が、用意した一千万円を貰って、サッサと、別れてしまえばいいじゃないか？　それなのに、どうして、市村茂樹と心中事件を、起こすんだ？」

「たぶん、心中に見せかけて、市村茂樹を殺したかったからじゃ、ありませんか？」

「証拠はあるのかね？」

「ありません」

「君は、自分の考えに沿って、いろいろと、調べてみたんだろう？　それでも証拠はつかめなかったのか？」

「特に、心中を図った二人を、手当てした医者には、いろいろと、食い下がって話を聞きました。しかし、心中に見せかけた殺人の証拠は、見つかりませんでした。二人が飲んだ睡眠薬の量も、ほとんど同じでしたし、二人とも致死量を飲んでいる。もちろん、致死量については、個人差があると、医者が教えてくれましたがそれだって、殺人の証拠にはなりません。ただ一つだけ分かったのは、前にもお話ししたと、思いますが、病院のベッドで、氷室晃子が、うわごとで、『喜んでくれるかしら』とつぶやいたことを、北条早苗刑事が、聞いていることです。前にも申し上げたように、これには述語の部分だけで、肝心の主語が、ありません。『喜んでくれるかしら?』の前には、誰がという名詞か、あるいは、代名詞が、あるはずなんです。誰かの部分に、個人名が見つかれば、事件の捜査は、大きく、前進するはずなんですが」

「それでも、君の頭の中では、何人か、名前が浮かんでいるんじゃないのか?」

「残念ながら、今は、誰の名前も浮かんでいません」

「しかし、君は、ほかにも、いろいろと考えていることが、あるんじゃないのかね?　一人で、あるいは、亀井刑事と二人で、捜査していることがあるとも、聞いているがね」

「その前に、長良川で起きた心中事件ですが、向こうでも、検察審査会の意見に従って、再捜査が、始まっていますね。経過は、どうなっていますか?」

十津川は、三上に、きいてみた。

「今日の時点で、捜査は、まだ、進展していないらしい。向こうの検察審査会が、事件の再捜査を要望した理由は、さっき君がいったように、心中に見せかけた、殺人の可能性があると判断したからだ。それで、再捜査が始まったのだが、今もいったように、証拠が、見つからないそうだ」

「やっぱり、そうですか」

「そこで君が持っているもの、つかんでいる情報を、全て話してもらいたいんだ」

自然に、十津川の口調が、改まったものになった。

「長良川の屋形船の中で、最初の心中事件があったのは、五月十五日です。十三日後の五月二十八日に、東京のホテルで、同じような心中事件が、発生しました。その間、五月十九日に、M製薬の従業員、金子真紀子が、死亡しています。私は、今、この三つの事件がどう関連しているのか考えているのです。もし、五月十五日に長良川で、心中事件が起きなかったら、五月十九日に、金子真紀子は、殺されただろうか？ 五月二十八日に、東京で、心中事件が起きただろうか、とです」

「それで、答えは？」

「三つの事件が、繋がっていると思えば、繋がっているようにも思えますし、全くバラバラで、何の関連もないと思えば、そういうふうにも、思えるのです」

「では、三つの事件が、繋がっているとして、この場合をどう考えるか、君の考えを聞かせてくれないかね？」

「まず、五月十五日、岐阜の長良川で、藤本智之と、水島和江の二人が心中を図り、男性の藤本智之は、助かりましたが、女性の水島和江のほうは、死んでしまいました。次は、金子真紀子の殺害です。最初のうち、長良川で心中した女性、水島和江とM製薬の金子真紀子が友だちなので、彼女から、心中に使われた睡眠薬ネルトンNを、大量に貰ったと考えられていましたが、男性の藤本智之が、金子真紀子と知り合いで、彼が、ネルトンNを大量に貰っておいて心中に見せかけた、殺人に使ったとします。それを知られるのを恐れて、藤本智之の仲間が、自殺に見せかけて、金子真紀子を殺したとすれば、二つの事件は、結びつきます。三つ目の、五月二十八日の東京での心中事件ですが、第一の心中事件と結びつくためには、長良川での心中事件が、心中に見せかけた殺人ということに、ならなければなりません。つまり、藤本智之が睡眠薬を使って、心中に見せかけて、水島和江を、殺したと考えます。そう考えた氷室晃子は、水島和江の仇を討とうと、今度は、彼女が心中に見せかけて、市村茂樹を、殺した。こう考えれば、三つの事件は結びつくのですが、関係ありという、証拠はありません」

「私が普通に、考えても、君の推理には、おかしなところが、あるよ」

「といいますと？」

「その一つが、心中の相手だよ。君は今、長良川での心中事件は、助かった男、藤本智之による、心中に見せかけた、水島和江殺しだといった。東京の心中事件は、その敵討ちだともいった。そうなら、氷室晃子は、心中の相手に、藤本智之を、選ばなければおかしいだろう？　東京の心中事件で死んだのは、市村茂樹という六十歳の男だよ。これでは、敵討ちには、ならないんじゃないのかね？」

「その点については、何とか説明がつくように考えました」

十津川が、ニッコリした。

3

「その説明を聞きたいな」

三上本部長が、じっと、十津川を見る。

「これは前に説明したストーリーよりも、さらに、証拠がありません。ただし、もし、証拠が見つかれば、事件は、一気に解決します。そのストーリーをこれから、お話しします」

「ぜひ聞かせて欲しいね」

「死んだ市村茂樹ですが、彼は、竹村首相の有力なブレーンで、次の内閣改造では、財務大臣に、抜擢されようとしています。問題は、市村が、つき合っている水商売の女性のことです」

「それは、もう何度も、問題にしたよ」

「分かっています。ところで、この女性が、いったい、誰なのか、それがまだ、分かっていません」

「決っている。氷室晃子だよ」

「いや、まだ、氷室晃子と決まったわけではありません。いくら、聞き込みをやっても、市村茂樹が、水商売の女と、付き合っていたのは知っているが、名前は、知らないし、和服が似合う、若い女だということしか、周りの人間は知っていないのですよ。市村茂樹には娘がいますが、彼女も、女の顔を、はっきりとは見てないし、名前も知らないと、いっています」

「しかし、何回も、いうようだが、市村茂樹と心中事件を、起こしたのは、岐阜の柳ヶ瀬でクラブのママをやっている、氷室晃子だ。ほかに、誰かいるのかね?」

「五十パーセントは、氷室晃子だと、思いますが、それにしては、いくら、聞き込みをやってみても、氷室晃子の名前が聞こえてこないのです。ですから、残りの五十パーセントは、別人ではないかと、思っています」

「五十パーセントというが、君の顔を見ていると、これはという候補者がいるみたいだな?」

「おります」

「誰なんだ？」

「水島和江です」

「ちょっと待ってくれ。長良川の心中事件で、R重工課長の藤本智之と心中をしたのは、今、君が、名前を挙げた水島和江だよ。君は、東京のホテルで起きた心中事件も、長良川の心中事件も、本来の心中相手とは違っている、といっているんだな。二回も、そんなことが、起きると思っているのかね？」

「普通は、起きません」

「じゃあ、どうして、二つの心中事件で、本来の相手とは違っていると、いい切れるのかね？」

「いい切ることは出来ませんが、もし違っていたら、一連の事件の捜査は、大きく前進すると思っているのです。それに、二つの心中事件で、本来そこにいるべき相手は違っているのだと、考えたほうが納得できるのです」

「じゃあ、君の考えをいってみたまえ。結論だけをいわずに、私にも分かるように、最初から、説明するんだ」

「分かりました。まず、東京で死んだ市村茂樹について、考えてみることにします。市村茂樹は竹村首相の有力なブレーンで、次の内閣の、財務大臣候補です。竹村首相にも財界人にも、市村茂樹待望論といったようなものが、あるのではないかと、思うのです。そうしたものがなければ、水商売の女と付き合っているというだけで、市村茂樹は、次期財務大臣候補から外れてしまうと思うのです。そうなっていないのは、簡単にはずすには、惜しい人材なのでしょう。

だから、女性問題を、何とか片付けてしまいたいと思っていたように考えられます。そこで、本人の、市村茂樹から女のことをいろいろ聞いたと思うのです。市村茂樹は、尊敬する竹村首相から聞かれたので、女の名前も、彼女がママをしている店の名前や、住所も教えたと思うのです。それが、六本木の小さなクラブのママ、水島和江だったと、私は考えました。

そこで、竹村首相の関係者が、内密に水島和江に会って、市村茂樹と、別れてほしいと伝えたところ、言葉の食い違いからだと、思うのですが、水島和江は、意地になってしまって、絶対に、別れないといったんじゃないでしょうか？　あるいは、莫大な慰謝料を、要求したのかも知れません。水島和江が、市村茂樹との関係を新聞や雑誌、テレビなどに、あることないこと、話してしまう事態になったら大変です。そこで、関係者によって、水島和江の口を封じる計画が、立てられたのだと思うのです。

それで、考えられたのが、心中に見せかけて、水島和江を、殺してしまうという計画です。一見して、殺人と分かる殺し方では、さすがに、リスクが大きいと判断し、心中事件が考えられたのではないかと、思うのです。心中の相手に選ばれたのは、R重工で、課長をやっている藤本智之です。彼が選ばれた理由は、二つあったと、思います。六本木の水島和江のクラブを、会社の接待で、何回か使ったことがあるから、ママとの関係があったとしてもおかしくない。これが、第一の理由です。二つ目は、藤本智之が頑健な体で、大学三年の時に、睡眠薬自殺を図ったことがあり、死ななかったと、いうことです。ですから、同じ量の睡眠薬を飲んでも、藤本智之だけが、助かる確率が、高い。助かっても不思議には、思われません。この二つの理由で、藤本智之が、心中の相手に選ばれたと、思うのです」

「ちょっと待ってくれ。藤本智之には、今、奥さんがいるんだよ。尊敬する人間に頼まれたとしても、そんな心中、しかも殺人のための心中を引き受けるはずがないだろう？」

「藤本智之の妻、涼子は、三十六歳で、父親、足立秀成は、R重工の、副社長です。調べてみると、R重工の社長は、竹村首相の、後援会長をやっています。竹村首相からR重工の社長に、話が行き、副社長の足立秀成に伝わり、そして、義父の足立秀成から、R重工課長の、藤本智之に話が伝わった。そうなると、藤本智之は、断りにくかったのではないでしょうか？　もちろん、その代償として、将来の出世も、約束されたんだと思いますね。奥さんの、涼子からも頼まれたのではないでしょうか？　そうやって、周りから固められれば、サラリーマンの悲しさで、藤本智之は、指示されるままに、長良川で心中事件を、起こさざるを得なかったのではないかと、思うのです。こうして、市村茂樹と関係のあった女性は、藤本智之というエリートコースを、歩むサラリーマンと、心中事件を起こして亡くなってしまったのです」

「その場合だが、使用された、睡眠薬ネルトンNを作っているM製薬の女性社員、金子真紀子が、殺されたことは、どう考えるのかね？　二つの心中事件とは、どんな関係があると思うんだ？」

「最初、長良川の心中事件で使われた睡眠薬ネルトンNを、用意したのは、水島和江だと考えられてました。それは、二つの理由からです。一つは、水島和江は、小さなクラブのママで、相手の藤本智之は、エリートサラリーマンです。もちろん、奥さんもいます。普通に考えれば、水商売の、水島和江が、藤本智之を、失いたくなくて、睡眠薬を用意し、自殺を図ったと考えるのが、自然だからで、それが第一の理由です。第二の理由は、水島和江の友人、金子真紀子が、睡眠薬ネルトンNを製造している、M製薬の社員だということがあります。この二つから、水島和江が、睡眠薬を、用意したと推測しました。しかし、この心中事件に、竹村首相やR重工副社長の、足立秀成、財務大臣候補の市村茂樹などが、関係しているとすれば、M製薬の社員ではなくても、いや、むしろ、社員ではないほうが、ネルトンNという睡眠薬は、手に入れることが、できるんです。調べてみると、M製薬の社長、朝比奈克彦ですが、この人は、政界にも、顔が利いていて、竹村首相とも、親しいということが、分かりました。M製薬の女性社員よりも、社長のほうが、当然、製造している睡眠薬ネルトンNを、用意することは、簡単です」

「それなら、どうして、金子真紀子が死んでしまったのかね？」

「長良川の心中事件に使われた睡眠薬ネルトンNが、最初、女の水島和江が用意したと、思っていましたから、私は、水島和江の関係者を調べました。岐阜県警も同様に考えて、同じように、捜査しているのです。それで、浮かんできたのが、水島和江の友だちで、M製薬の社員である金子真紀子の存在です。このルートで、和江は、ネルトンNを手に入れたとなりますが、金子真紀子が、どんな証言をするかが、犯人たちにとっては、心配になってきます。社員の金子真紀子でも、ネルトンNは、そう簡単には、自由にならない。そんな証言をされると、それでは、誰が大量にネルトンNを、用意したのかとなり、社長の朝比奈克彦の名前も、浮上するかもしれません。そうなっては、困るので、何者かが、金子真紀子を、自殺に見せかけて殺してしまったのだと、私は思います」

「最後は、東京で起きた心中事件だ。これについても、君は、相手は、違う女性のはずだったと考えているのではないのかね？」

「少し違います。長良川の心中事件は、市村茂樹を守るために、藤本智之というエリートサラリーマンを、使って、心中事件に見せかけて、水島和江を、殺したのです。そう考えると東京のホテルで起きた心中事件も、全く違う形に、見えてきます。その前提として、長良川で、亡くなった水島和江と、東京で心中事件を起こした氷室晃子とは、関係がある。例えば、親友だったのではないか。たしかに、五歳の年齢差は、ありますが、同じ水商売で、同じような、小さな店でママをやっています。関係があっても、おかしくはありません。この後は、二人は関係があった、もしくは、友人だったという前提で、話を進めます。

氷室晃子は、水島和江から、市村茂樹との関係を、打ち明けられていたのではないでしょうか？　市村茂樹と別れるように圧力を受けている。そんな話を聞かされていた氷室晃子は、長良川で、水島和江が、藤本智之という、エリートサラリーマンと心中事件を起こして、死んだというニュースを聞いて、首を傾げてしまったのではないでしょうか？　水島和江と市村茂樹が、心中事件を起こしたというのであれば、分かるが、彼女の口から、まったく聞いたことのない藤本智之という、サラリーマンと心中事件を起こしたというのは、信じられない。ひょっとすると、これは、心中に見せかけて、殺されてしまったのではないだろうかと、そう考えたのではないでしょうか。

氷室晃子は、もし、友だちの、水島和江が殺されたのなら、その仇を討ってやろうと考え、市村茂樹を、脅かしたのではないでしょうか？水島和江は、本当に、あなたのことを愛し、真剣に、付き合っていた。それなのに、あなたから別れ話を持ち出されたといって、彼女が怒っていた。あなたを守るために、誰かが、心中に見せかけて、水島和江を殺してしまった。正直に、話してくれないと、マスコミに全てを、話す。そういって、脅かしたのではないかと思うのです。慌てた市村茂樹は、一千万円という大金を用意し、その金で、氷室晃子を黙らせようとして、ホテルに呼びました。氷室晃子のほうは、最初から、水島和江の仇を討つつもりでしたから、岐阜で、犯人が使ったのと同じ手を使ったんです。心中に見せかけて、六十歳の市村茂樹を、殺してしまおうと考えたわけです。

たぶん、市村茂樹のことを、いろいろと調べたと思うのです。一応、元気を装っていますが、糖尿病を患っている。それに比べて、自分のほうは、まだ若いから、体力もある。うまくやれば、心中と思わせて、市村茂樹を、殺すことができる。睡眠薬ネルトンNを、入手するためには、どこかの病院で処方箋を出してもらったのだと、思います。これが今、私が考えていることですが、証拠は全くありません」

　十津川が、話し終わると、三上本部長は、しばらくの間、黙って考え込んでいたが、

「たしかに、今、君が、話したことは、メチャクチャだ。だが、メチャクチャなりに、妙に納得できるものがあるし、大いにあり得る話だよ」

4

　十津川が口にしたストーリーは、その場にいた刑事たちを、とらえてしまった。

　たしかに、岐阜の長良川と、東京で起きた心中事件、この二つの事件が、つながっているという見方は、刑事が関心を持つのが当然だった。ただ、今までの捜査を捨てて、新しい観点からの捜査を、しなければならなくなる。

　しかし、三上本部長も、珍しく、賛成したように、十津川の推理は、メチャクチャではあるが魅力的なストーリーでもあるのである。

「しかしだな、今、君が話したことが真相だとしても、たぶん、関係者は誰も、イエスとは、いわないぞ」

　三上が、いった。

「もちろん、それは、承知しています。長良川の、心中事件で生き残った藤本智之が、真相を、いうはずはありません。私の考えた通りだとすれば、なおさら、いわないでしょう。心中に見せかけた殺人で、その実行者が、生き残った藤

本智之自身ですから。また、東京で起きた心中事件にしても、生き残った氷室晃子が、本当のことを、しゃべるはずはありません」

「じゃあ、どうすればいい？」

「それを考えています」

このままでは、十津川の推理は、ただの面白いストーリーというだけで、終わってしまう。

二日後の、捜査会議で、三上本部長が、指示を出した。

「今までのような、正攻法で調べていても、今回の心中事件に、新しい進展は見つからないと思う。二人が飲んだ睡眠薬の種類とか、その量が、致死量だったかどうかと調べているから、行き詰ってしまうんだ。そこで、私は先日、十津川警部が話したストーリーを、もとにして、今後の捜査を進めてみたいと、思っている。この捜査は、かなり難しいことを、覚悟してほしい。十津川警部の話が正しいとすると、関係者は、なおさら、口を閉ざしてしまうだろう。特に、市村茂樹が、死んでしまったから、関係者の口が重くなるに違いない。それでも、市村茂樹の周辺から、何かを聞き出してほしい。もう一つは、長良川の心中事件で死んだ水島和江と、東京の心中事件で生き残った氷室晃子、この二人の関係だ。もし、この二人の間に何の関係も、なかったり、ちょっとした知り合いに、すぎないということになったら、十津川警部の考えたストーリーは、崩壊してしまう。だから、この二つについて、慎重に、辛抱強く、捜査を進めてほしい」

「岐阜県警のほうは、どうしますか？　こちらの推理を話しておきますか？」

亀井が、きく。

三上が、十津川を見た。

「君は、どう考えるね？」

「私は、ある程度、こちらの捜査の目途がつくまでは、岐阜県警には、話さないほうがいいと思います。今の段階で、証拠のないことを、話すと、向こうも、混乱するでしょうし、関係者がいっそう、用心深くなって、話をしなくなってしまうと、思いますから」

十津川が、いった。

5

十津川の考えたストーリーに沿って、捜査が始まった。

市村茂樹の周辺にいる人たちの捜査は、十人の刑事が、担当し、氷室晃子と水島和江の関係については、十津川と亀井の二人で、担当することになった。とにかく、市村茂樹の関係者は、範囲が広かったからである。

氷室晃子は、まだ、退院していなかった。今回の事件を、普通の心中事件と、見ている担当の医者は、氷室晃子には、まだしばらく、精神的な治療が、必要だと考えていて、十津川と亀井が尋問して以来、警察に、氷室晃子との面会を、拒否し続けていた。

そこで、十津川と亀井は、氷室晃子のことを、知っている人たちを探し出して、片っ端から、話を聞くことにした。

二人は、岐阜に行くことにした。

岐阜市内のホテルに、チェックインし、氷室晃子と水島和江の関係が、はっきりするまでは、岐阜に留まるつもりだった。

夜になってから、柳ヶ瀬に行ってみると、氷室晃子が、ママをやっている店は、営業していた。

店内にいたのは、マネージャー兼バーテンの秋山のほか、冬美、美奈子、楓(かえで)の三人のホステスたちだった。

ちょうど店を開けたばかりで、まだ、客の姿はない。

十津川は、ビールを注文してから、この四人に話を聞くことにした。

「ママの氷室晃子さんがいないのに、どうして、店を開けているんですか？　ママから、何か、伝言があったんですか？」

「伝言なんて、何も、ありません。私たちは、ママのことが、大好きなんですよ。だから、ママが帰ってくるまで、自分たちだけで頑張ろうと、思っているんです。それに、おなじみのお客さんも、店を閉めるなと、いってくださっていますし」

と、ホステスの冬美が、いった。

「ママさんの、どんなところが、好きなんですか？」

「ママは、姉御みたいなところがあるんです。いざとなったら、頼りになるので、そこが好きなのかもしれないですね」

ホステスの美奈子が、いう。

続けて、マネージャーの秋山が、

「いざとなると、おかしいかもしれないけど、体を張って、助けてくれるんですよ。だから、みんな、ママのことが、好きだし、頼りにしているんだと思いますけどね」

十津川は、長良川の心中事件で死んだ水島和江の写真を、四人に、見せることにした。

「彼女の名前は、水島和江といって、年齢は二十五歳です。彼女が、店に遊びに来たことはないですか？　ひょっとすると、ママの、氷室晃子さんの友だちかも、しれないんですがね」

「この人、長良川の鵜飼いの時に、エリートサラリーマンと、心中を図って、自分だけ、亡くなった人でしょう？　東京の六本木のクラブのママさんじゃなかったかしら？」

楓が、いった。

「そうです。長良川の心中事件で亡くなった女性です」

「ウチに来たことはないよな？」

秋山がいい、三人のホステスたちも、うなずき合った。

「そうですか、来たことは、ありませんか」

少しガッカリして、十津川が、いった時、冬美が、

「名前は、たしか、水島和江さんでしたよね？」

確認するように、きいた。

「そうです。六本木のお店の名前も、和江です」

「そういえば、ウチのママが、どこかに、携帯電話をかけている時に、何回か、カズエちゃんと、相手の名前を、呼んでいたのを思い出しました」

「カズエちゃんと、ママさんは、呼んでいたんですね？　間違いないですか？」

「ええ。でも、どんな字を、書くのかは、知りません」

「どんな調子で、電話で、しゃべっていたんですか？　できれば、どんな話をしていたのか覚えていませんか？」

「ちょっと待ってください。今、思い出そうとしてるんだから」

冬美は、小さく手を、振った後、しばらく考えていたが、

「ウチのママ、電話で、相手のことを、ずいぶん、心配しているようだったわ」

「それらしい言葉を、口にしていたんですか？」

「ええ。カズエちゃんは、体があまり丈夫じゃないんだから、無理をしないでね。風邪を引いた時には、ちゃんと、休みなさい。そんなことを、いっていましたから」

「ママさんは、いつも、相手を、カズエちゃんと呼んでいたんですね？」

「ええ」

「風邪を心配して、体調が悪い時は、休みなさいと、いっていた？」

「ええ、そうです」

「それは、いつ頃のことですか？」

「たしか、去年の、クリスマスの頃だったと思います。クリスマスの時って、たいていのクラブやバーでは、なじみの、お客さんにクリスマスケーキを贈ったり、店の中でちょっとしたショーを、やったりするから、いろいろと忙しいんだけど、その時に、たしか、ママは、忙しくても、風邪を引いたのなら、お店を、休みなさい。そういっていたんですよ」

「ママさんの住んでいるところは、この近くでしたね？」

「ええ、ここから歩いて、二十分くらいのところにあるマンションです」

「申し訳ないが、誰か、私たちを、案内してく

れませんかね？」

　十津川が、頼むと、いちばん歳かさの冬美が、案内してくれることになった。

6

　案内してくれたのは、長良川の近くにある五階建ての、マンションだった。

　最上階の五〇一号室が、氷室晃子の部屋だという。

　十津川は、管理人に頼んで、ドアを開けてもらった。

　その後、冬美と一緒に、部屋に入ると、

「これから、私たちは、家探しをする。あなたは、その証人です」

　亀井が、いうと、冬美は、エッという表情になって、

「勝手に、部屋を調べたりしても、いいんですか？」

「実は、東京の心中事件について、再捜査しているんです。助かった氷室晃子さんが、亡くなった市村茂樹という男性を、心中に見せかけて、殺したのではないか？　そういう疑いがあるんですよ。その捜査の一環として、この部屋を、調べたいんです」

「ウチのママが、心中に見せかけて、相手を殺すなんて、考えられない。絶対にあり得ませんよ」

「もちろん。氷室晃子さんが犯人だと断定されたわけじゃありません。ですから、もう一度、捜査を、するのです。その結果、殺人の容疑が消えるかもしれません」

　十津川は、冬美に、部屋の入口に、いてもら

い、亀井と二人、2DKの部屋を、徹底的に調べることにした。

二人が見つけたいと、思ったのは、氷室晃子と水島和江との関係を明らかにするものだった。

しかし、それが、なかなか見つからない。

パソコンがあったので、そのパソコンの中に、水島和江の名前とか、東京の住所が入っていないかと、調べてみたのだが、どこにも、入っていなかった。

写真や、あるいは、手紙がまとめて見つかれば、その中に、東京・六本木の、クラブのママ、水島和江からの、手紙なり、写真が見つかるかもしれない。そうすれば、二人の関係が明らかになる。

しかし、十津川と亀井が、いくら探しても、写真や手紙の類は、見つからなかった。氷室晃子は、手紙といったものは、ほとんど書かず、携帯で電話をするか、あるいは、メールで、送信するのだろう。

写真がないのも、携帯を使って、写真を撮り、それを、プリントすることは、していないからに違いない。

このままでは、何も見つかりそうもない。

十津川は、部屋の入口にいる冬美に向かって、

「ママさんが、誰かに、高価な贈り物をする時は、どこで買うのか、知っていますか？」

「どんな贈り物？」

「そうですね、何万、あるいは、何十万円もするようなブランド物の、ハンドバッグとか、宝石とか、そういう、高価な物を買う時に行く店ですよ」

「それなら、この岐阜市内に、ブランド製品だ

けを扱っている専門店が、あるんです。ブランド好きな人はみんな、そこで買っていますよ。たぶん、ママも、そこで買っていると、思うけど」

冬美が、いった。

その店に、案内してもらうことになった。

岐阜駅近くの繁華街の中に、その店があった。シャレた店構えで、ショーウインドウには、さまざまなブランド物の、ハンドバッグや洋服、靴、宝石などが、並んでいた。

十津川たちは、店の中に入り、そこの店長に、話を聞いた。

「柳ヶ瀬にあるクラブのママさんで、氷室晃子さんという人が、いるんですが、ここで、ブランド製品を、よく買っていると、聞いたんです。氷室晃子という名前に、記憶がありますか？」

十津川が、きくと、店長は、ニッコリと笑って、

「ええ、その方でしたら、よくいらっしゃいますよ」

「氷室晃子さんは、親しい人への、プレゼントも、こちらで、買っているんですか？」

「ええ」

「相手は女性で、二十五歳、東京に住んでいます。この人に、氷室晃子さんが、何か、高価な物をプレゼントしたということは、ありませんか？」

店長は、店の奥から、顧客名簿を、持ち出してきた。

なるほど、そこには、氷室晃子の名前もあった。彼女の名前の下に、最近買った品物が、書いてあった。

「もしかすると、これじゃありませんかね？　去年の、三月二十日に、ワニ革のハンドバッグ、いわゆる、ケリーバッグですが、それをお買い求めになっています。東京都新宿区四谷のマンションにお住まいの、水島和江さんに送っていますね」

店長は、そのページを見せてくれた。

間違いなく、送った相手は、水島和江になっている。

「そのハンドバッグは、どのくらいの値段ですか？」

「そうですね、百二十万円です。氷室さんから頼まれて、ウチから、水島さん宛てに発送しました。氷室さんは手紙を書いて、ケリーバッグの中に、入れておられましたよ」

「三月二十日というと、この、水島和江さんの誕生日なんですかね？」

「いえ、そうじゃありません」

「どうしてはっきり違うと、いえるんですか？」

「百二十万円と、ずいぶんと、高価な贈り物で、それも、同性に贈るので、こちらも、興味を感じて、氷室さんに、お誕生日の、プレゼントですかと、聞いてみたんですよ。そうしたら、この人に、命を助けられたのとだけ、おっしゃいました」

「命を助けられた？」

「ええ、それだけしか、おっしゃいませんでした」

十津川は、また、冬美を振り返って、

「去年の三月二十日、いや違うな、三月の何日かは、分かりませんが、氷室晃子さんが、何か、危険な目に遭って、危うく助かった。そういうことが、あったと思うんだが、覚えていますか？」

「たしか、あの頃、ママは、用事があるといって、東京に、出かけていたんですよ。向こうで、引き逃げ事故に遭って、二日ぐらい入院した後、岐阜に、帰ってきました。ママは、心配かけたわね、とだけしか、いわないので、詳しいことは、私たちにも、よく分かりません」

7

十津川はいったんホテルに戻り、翌朝早く、岐阜の、市立図書館に足を運んだ。去年三月の新聞を、閲覧するためだった。

去年までの新聞は、全て、マイクロフィルムにして、保管してあるという。

十津川たちは、閲覧室で、そのマイクロフィルムを、拡大しながら、去年の三月分を見ていった。

三月十五日の夕刊の記事に、目的のものが見つかった。うっかりすると、見落としてしまいそうな、小さな記事である。

〈昨日三月十四日の夜九時過ぎ、東京都新宿区四谷の路上で、ホテルSに宿泊していた岐阜市××町の氷室晃子さん（29）が、ホテルの前の、道路を横断しようとして、乗用車にはねられた。

はねた車は、そのまま、逃走したが、たまたま通りかかった車から、水島和江さん（24）が飛び降り、倒れている氷室晃子さんを助けて、救急車で、近くの病院に運んだ。

幸い、氷室晃子さんは、軽傷で、二日もすれ

ば退院できると、医者はいったが、あのままの状況で、放置されていたら、他の車にも、はねられた可能性があった)

その短い新聞記事を読み終わると、十津川と亀井の顔には、満足げな微笑が浮かんだ。

これで、氷室晃子と、水島和江の関係が、明らかになった。

二人は、昔からの、知り合いではなかった。去年の三月十四日の夜、突然、二人は、自動車事故をきっかけに、知り合ったのである。

まさに、一瞬の出会いだが、長い友だちづき合いよりも、二人の仲は、よりいっそう強いものになったのだろう。特に、助けられた氷室晃子のほうが、水島和江に対して、感謝の念があったに、違いない。だからこそ、五日後、お礼の意味で、氷室晃子は、百二十万円のハンドバッグを、水島和江に、贈っているのだ。

十津川は、新聞記事をコピーしてもらい、それを持って、その日のうちに、東京に戻った。

新聞記事を読んで、三上本部長も、笑顔になった。

「私も、君たちが、岐阜に行った後、自分なりに氷室晃子と、水島和江の関係を調べてみたんだ。しかし、いくら調べても、悲観的なことしか、浮かんでこない。年齢も違えば、生まれ故郷も違う。学校も違う。一つだけ、共通しているのは、二人とも、六本木と柳ヶ瀬に、それぞれ、自分の店を持ち、ママをやっている。それだけだ。今、君の話を聞いて、なるほど、そういう形の知り合い方も、あるんだなと思ったよ。生まれ故郷も違うし、年齢や学校が違っても、ある一瞬のうちに、二人が、知り合うこともあるんだ。しかも、この関係というのは、心情的にかなり深いものがある。特に、助けられた、氷室晃子のほうにはね」

「氷室晃子というのは、彼女の店で働いているマネージャーや、ホステスたちに聞くと、姉御肌のところがあって、みんなが、頼りにしているそうです。自動車事故の後、氷室晃子と水島和江とは、急速に、親しくなったと思いますが、氷室晃子のほうが、相手のことを、命の恩人だと思っていたと思います。その恩人の水島和江が、突然、東京ではなく、岐阜の、長良川の屋形船の中で、心中事件を起こして死んでしまいました。おそらく、水島和江から、心中の相手、藤本智之の名前など聞いたことがなかったんじゃありませんかね。それに、心中事件を起こすような性格の女性では、ないこともよく知っていたので、氷室晃子は疑問を感じて、彼女なりに、いろいろと、調べたのではないでしょうか？　水島和江から、市村茂樹の名前を聞いていれば、氷室晃子は、市村茂樹に、電話するなり、面会するなりして、疑問を、投げつけ、あるいは、脅かしたのかもしれません」

「それは、十分にあり得る話だ」

「それで、市村茂樹関係のことは、何か分かりましたか？」

　亀井が、きいた。

「聞き込みに行った刑事たちは、全員が、毎日、精力的に動いているんだが、これはと、思えるような話は、まだ、つかんできていないんだ。覚悟は、していたんだが、関係者の口は、相当堅いらしい」

三上が、肩をすくめた。

その日、聞き込みに回っていた刑事たちが帰ってきたが、どの顔も、疲れ切っていて、元気がなかった。

「まるで、コンクリートの壁に、ぶつかっているようなものですよ」

西本刑事が、いった。

「関係者の口は、想像以上に、堅いですね。誰かから、箝口令が、出ていることは、間違いありません」

と、日下も、いった。

「その堅い口を開かせるには、どうしたらいいと、思うかね？」

十津川が、きいた。

「少し、脅かしたらどうでしょうか？」

「脅かす？　誰をだね？」

「例えば、長良川で、心中事件を起こした藤本智之が勤めている、R重工の社長や、藤本智之の義理の父親です。初めから、警察手帳を突きつけて、こちらの質問に、きちんと答えてくれないと、殺人幇助や、もしくは、捜査に、協力しないということで、皆さんに捜査本部まで、来ていただくことになるかも、しれません。そういって、脅かしたら、向うに、綻びができるのではないかと思っていますが」

西本が、いった。

翌日、十津川と亀井は、R重工に出かけ、最初から、警察手帳を見せて、相手を脅かした。

藤本智之本人は、まだ、出社していなかったので、二人の刑事は、広報部長や、あるいは、藤本智之の義父で、副社長をしている、足立秀成に会って二人を脅かした。

広報部長も、足立副社長も、いい合わせたように、

「藤本君が、あんな女と、付き合っていたことは、全く知りませんでした。知らないから、いくら、刑事さんに聞かれても、答えようがありませんよ」

全く同じセリフを、十津川と亀井に、聞かせた。

「こちらが調べたところ、藤本智之さんと、長良川の屋形船の中で死んだ水島和江さんとは、客とママとの関係でしかないことが分かったんですよ。そんな二人が、心中しようとするでしょうか？」

「本当ですか？　それなのに二人は、どうして、心中事件を起こしたのか、その答えを警察は、持っているんですか？」

「この事件を、捜査しているのは、岐阜県警ですが、いくら調べても、二人の間に、客と店のママ以上の関係が出てこない。そうなってくると、結論は、一つしかないのですよ」

「どんな結論ですか？」

広報部長も、足立副社長も、警戒する目つきになって、十津川たちを見た。

「誰かに頼まれて、水島和江さんの、殺害を計画した。そこで考えたのが、心中に見せかけて殺してしまうことですよ。警察の考えは、そういう方向に向かっているんです。正直にいっていただけないと、令状を取って、お二人に捜査本部に、来ていただくことになりますが、構いませんか？」

亀井刑事が脅かすと、広報部長と足立副社長の顔は、ますます、不安げになった。

第七章　終局への犠牲

1

十津川の追及に、足立副社長は、必死になって抵抗した。

「何か証拠があるんですか？」

「あなたは、長良川で心中をし損なって、一人だけ助かってしまった藤本智之さんの義理のお父さんですよね？　さぞ、この息子さんには、腹が立っているのでは、ありませんか？　あなたの大事な娘さんと結婚したというのに、よりによって、ほかの女と、心中を図ったんですから。なんてことを、してくれるんだといいたいのではありませんか？　どうですか？」

「たしかに、藤本君は、私の息子ということになりますが、まあ、男と女のことは、どうしようもありませんからね」

足立は、妙に、冷めた口調でいい、そのあと、横を向いてしまった。

「当然、藤本智之さんと娘さんは、離婚されるんでしょうね？　それとも、もう、離婚することは決まっていて、藤本さんに、いい渡してあるんですか？」

十津川は、わざと、追い打ちをかけるように、いった。

足立の顔が、歪（ゆが）んでいる。

「それは、私には、何ともいえません。娘の気持ち次第ですからね」

「そうですか。どうもおかしいな。やはり、この心中は、見せかけで、本当は殺人事件なんじゃありませんか？　私には、そうとしか思えませんよ」

「そんなはずは、ないでしょう。あの件は、間違いなく、心中ですよ」

「どうも不思議ですね。あなたは、娘さんのお父さんでしょう？　それならば、娘婿の藤本智之さんが、ほかの女と、心中したのではないことが望ましいんじゃありませんか？　それなのに、どうして、あなたは、心中だ、心中だと、決めつけるのですか？」

「心中だからだ」

足立が、怒ったような口調で、いい、続けて、

「これは、女のほうから、持ちかけられた心中なんですよ。息子は、それに、巻き込まれてしまっただけなんだ。いわば、被害者といってもいい」

「実は、同じ屋形船に、東京から取材に来ていた雑誌社の記者とカメラマンが、乗っていたんですよ。二人は、屋形船の中の光景を、カメラやビデオに収めているのですが、そのビデオの中に、たまたま、藤本智之さんと水島和江さんが、映っているのです。足立さんに、ぜひ、それを見ていただきたいのですがね」

十津川は、持参したテープを、その部屋にあったテレビで、再生して見せることにした。

「よく見て下さい、ほんの数秒ですから。藤本智之さんが、持参したワインを、水島和江さんのグラスに注ぎ、続いて、自分のグラスにも、

注いでいるのです。水島和江さんのグラスに注ぐ時、藤本さんの手が小さく震えているでしょう？　ところが、水島和江さんのほうは、嬉しそうに、微笑しています。これから、心中しようとする男女というのは、男も女も、緊張しているものです。ところが、このビデオを見ると、藤本さんのほうは、たしかに、緊張していて手が震えているのに、水島和江さんのほうは、嬉しそうに笑っていますよ。どうしてだと、思いますか？」

「そんなこと、分かりませんよ」

「私が見たところ、藤本さんが、手が震えるほど緊張しているのは、ワインの中にあらかじめ、睡眠薬が、大量に混入されていることを知っていたからですよ。その点、水島さんは、何も知りません。だから、嬉しそうに笑っているのです」

「ワインを注ぐ時、息子の手が、ただ、震えているというだけで、心中ではなくて、心中に見せかけた殺人だというのは、少しばかり、考え方が飛躍しすぎていて、乱暴じゃありませんかね？　刑事さんの、単なる、いいがかりだと、私は思いますよ」

足立が、抗議をするのに、十津川は、構わず、

「藤本智之さんは、自分たちの夫婦生活を、危機に陥（おとし）れてまで、どうして、水島和江さんを、心中に見せかけて、殺そうとしたのでしょうか？　これは、藤本智之さんの一存ではないと、私は思いますよ。おそらく、誰かに命令されたんですね」

十津川は、一瞬、間を取ってから、

「命令したのは、R重工副社長のあなたです

ね？」

と、ズバリと、いった。

「私が、そんなことを、指示するはずがないでしょう」

「そうですか、そうなると、R重工の社長さんですか？　いや、もっと上の、もっと力のある人でしょうね、もっと上の人間というと、総理大臣ですかね？　総理大臣ならば、辻褄が、合ってきますからね。総理大臣は、市村茂樹さんを、財務大臣に迎え入れようとしていた。ところが、市村さんは、どこかの女と、いい仲になっていました。これは、間違いなくスキャンダルです。このことが表沙汰になれば、市村茂樹さんを、財務大臣に迎え入れようとすることは、不可能になってしまうし、もし、迎え入れた後で、このことが発覚すれば、総理自身、自分の首を絞めることにもなりかねません。

そこで、どんな女と付き合っているのかと調べたところ、六本木のクラブのママで、水島和江さんという女性であることが、分かりました。そこで、人を介して、水島和江さんに、市村茂樹さんと別れるように、要求しましたが、水島さんは、うんとは、いいませんでした。そこで、仕方なく、非常手段を取ることにしました。総理大臣は、友人のR重工の社長に、話を、持っていきました。社長は、副社長であるあなたに、話を持っていったんじゃないんですか？　その結果、でき上がったのが、心中に見せかけて、水島和江さんの口を封じてしまおうという、計画ですよ。

そのために選ばれたのが、足立さん、あなたの義理の息子の藤本智之さんでした。調べてみると、彼が、接待相手や会社の同僚と、問題の六本木の、クラブに行っていたことを知りました。だとすれば、ママの水島和江さんとは、親しい関係だったとしても、おかしいことはありません。しかし、ただ殺したのでは、殺人事件として捜査が始まってしまうので、心中に見せかけて殺すことにしたんじゃないですか？　藤本智之さんは、学生時代、ネルトンNと同じ成分の睡眠薬を使って自殺を図り、死なな かったという経験が、あったので、うまくやれば、心中に見せかけて、水島和江さんを、殺すことができると計算したんでしょうね。水島和江さんにしてみれば、藤本智之さんは、店の大事な常連客だし、まさか自分が殺されるとは、思いませんから、長良川の鵜飼い見物に、同行したのでしょう。屋形船の中で、藤本智之さんは、あらかじめ、ネルトンNを、混入しておいたワインを彼女に勧め、自分もそれを飲みました。全て、あなたたちの、計画通りにですよ」

「しかし、私が、聞いたところでは、藤本君は、救急車で運ばれる途中、やられたと、叫んでいるのを、救急隊員が、聞いているんですよ。刑事さんは、心中に見せかけた、殺人だといったが、これは、女が藤本君との関係を清算しようとして、騙して、長良川の鵜飼い見物に誘い、彼女が、ワインに混ぜた睡眠薬を藤本君に飲ませたんだ。だから、藤本君が、やられたと、叫んだんですよ。これで、話は、全く逆に、なるじゃありませんか？　違いますか？」

「そのことを聞いた時、私は、藤本さんは、サラリーマンとしては、本当に立派なものだと感心しましたよ。何とかして、お父さんであるあなたの期待に、応えたい。何とかして、あなたの力に、なりたい。そう考えて、一生懸命に、芝居までして、自分を、被害者に見せようとしたのです。必死になって、たぶん、意識が薄らいでいたんだとは、思いますが、その薄らぐ意識の中で、やられたと、叫んだんですよ。何とかして、それを、救急隊員に聞かせようとして、前々から思っていたんだと、思いますね」

「それは、刑事さんの勝手な、想像でしょう？　やられたという言葉から、この心中は、女のほうから、仕掛けてきたものだと思いますね。だって、ほかに、考えようがないじゃないですか？」

「しかし、足立さん、いくら調べても、水島和江さんが、あなたの息子さん、藤本智之さんと、心中をしなければならない理由が、見つからないんですよ。なぜなら、水島和江さんが、夢中になっていたのは、藤本智之さんではなくて、市村茂樹さんだったんですからね」

十津川が、力をこめて、いった。

2

「水島和江さんがやっていた六本木の店『クラブ和江』ですが、そこで働いていたマネージャーやホステスから、証言を集めてみましたがね、その証言から分かるのは、ママの付き合っている相手が藤本智之さんではなくて、市村茂樹さんだということなんです。市村茂樹さんは、周囲の人間には、自分が付き合っていた女の素性を、隠していましたが、女の水島和江さんのほうは、やはり女性ですね。自分が今、どんな、男と付き合っていて、どんな恋愛をしているのか、少しずつ店のマネージャーやホステスに漏らしていたんですよ。自慢していたんです。

長良川心中の後で、M製薬に勤めていた金子真紀子さんという女性が、殺されました。これも、ネルトンNを使い、自殺に見せかけて殺したのです。なぜ、金子真紀子さんが殺されたのでしょうか？　金子真紀子さんは、三鷹の自宅マンションの部屋で、ネルトンNを飲まされ、その上、ガスもれから中毒死しています。長良川の事件は、本当の心中だと思っていましたから、亡くなった女のほう、水島和江さんが、友人であり、M製薬で働いていた金子真紀子さんから、睡眠薬ネルトンNを、大量に貰って、それを、心中に使ったと思われていました。最初は、自分の渡した睡眠薬によって、友人が死んでしまったことを、悲しんでの自殺という可能性もありましたが、すぐに、自殺に見せかけた殺人だと、考えるようになりました。そうなると、引き算で、犯人は、どうしても、心中の相手、藤本智之さんが浮かびますが、彼は入院中でした。

それでは、なぜ、金子真紀子さんが殺されたのか？　こういうことが考えられます。金子真紀子さんの存在が、浮かんだ時、彼女が水島和江さんに、ネルトンNを渡したと、考えられました。金子真紀子さんにしてみれば、自分は、そんなことをしていない。処方箋があれば、誰でも手に入るし、殺人だとすると、相手が用意したはずだ。そこで、すぐにM製薬の自分の上司に、電話をしました。金子真紀子さんは、その時に、自分の、携帯電話を使ったのです。彼女のマンションの植え込みから見つかった携帯電話に、それが残っているのです。彼女が、何を話したのかというと、『警察は、私が水島和江さんに、ネルトンNを、渡したように考えていますが、私は、一粒だって渡していません。水島和江さんが、心中するとも、どうしても思えない。何か特別なルートで、藤本智之さんに渡ったんじゃないですか？　そうとしか思えません』。そういう抗議の電話が録音されているんですよ」

十津川の言葉で、足立と広報部長は、黙ってしまった。

3

十津川は、話を続けた。

「亡くなった水島和江さんですが、岐阜の柳ヶ瀬で、同じように、小さなクラブのママをやっている、氷室晃子さんとは、前々からの知り合いでした。昨年の三月、水島和江さんが、事故に遭った氷室晃子さんを、助けたんですよ。氷室晃子さんにしてみれば、水島和江さんは、命の恩人でした。たぶん、この話は、お二人ともご存じないでしょうね。

氷室晃子さんは、どうして、水島和江さんが、心中のかたちで亡くなってしまったのか？　そのことに、疑問を持ったわけです。なぜなら、二人は仲がよくて、水島和江さんが、氷室晃子さんに、今、男のことで悩んでいると打ち明けていたに違いないのです。その男というのは、心中事件の相手である藤本智之さんではなくて、市村茂樹さんという六十歳のエコノミストでした。それを思い出して、なおさら、氷室晃子さんは、事件に疑問を感じ、水島和江さんは、心中に見せかけて、殺されたのではないかと、考えるようになったのです。当然、水島和江さんが話していた男、市村茂樹さんについて、調べてみたのです。

調べていくと、少しずつ真相が、分かってきました。市村茂樹さんは、次の内閣改造が行われた時、財務大臣になるだろうと、考えられている人物でした。ところが水商売の女とのスキャンダルで、起用は、なくなってしまう恐れがあった。しかし、水島和江さんのほうは、簡単に、別れるつもりはなかった。そこで、市村茂樹さんを次の内閣改造の時に、財務大臣に、起用しようとする人々が、邪魔になる水島和江さんを、心中に見せかけて、殺してしまったのだと、氷室晃子さんは考えて、命の恩人の水島和江さんの仇（かたき）を討とうと決心したのですよ。

そこでまず、市村茂樹さんを、脅かしたんです。長良川の心中事件で死んだ水島和江さんの本当の相手は、あなたじゃないのか？　あなたが誰かに頼んで、邪魔になった水島和江さんを心中に見せかけて、殺したのではないのかと、脅かしたんだと思いますね。そうしておいてから、話をつけたいから会いたいと、いったんだと思っています。市村茂樹さんが指定したのは、ホテル東京ベイでした。市村茂樹さんとしては、やっと人に頼んで、女性関係を、清算したのに、それをタネに、今度は、強請（ゆす）られてしまった。そこで、何とか金で黙らせようと考え、一千万円の現金を銀行から下ろして、約束したホテル東京ベイに、出かけたのです。

しかし、氷室晃子さんのほうは、最初から、水島和江さんの仇を討つことが、目的ですから、一千万円の現金などには、目もくれなかったと思うのです。用意しておいたワインに、ネルトンNを混入させ、それを飲ませて、心中に、見せかけて殺すことを、計画していたのです。どうして、そんなことを、考えたのか？　それは、水島和江さんが、心中に見せかけて、殺されたからです。それなら今度は、心中に見せかけて、市村茂樹さんを殺してやろう。それが上手くいけば、本当の復讐になる。幸い、自分は体が丈夫で、それに反して、市村茂樹さんのほうは、六十歳を迎えた上、持病がある。うまくやれば、心中に見せかけて、市村茂樹さんを殺し、水島和江さんの仇を、討つことができます。これは、私の推測ですが、市村茂樹さんは、持参した一千万円を、氷室晃子さんの前に置いて、これで勘弁してほしいといったのではないでしょうか？　氷室晃子さんは、分かったといって、市村茂樹さんを、安心させておいてから、睡眠薬入りのワインを、二人で飲んだんだと思いますね」

「証拠は？」

足立が、また、きく。

「いったい、何の証拠ですか？　証拠は全て、私が話したことの正しさを証明しているんですよ」

「しかし、全て状況証拠でしょう？　私の息子、藤本智之が、心中に見せかけて、水島和江さんを殺したという証拠が、どこにあるんですか？　東京で、氷室晃子という女が、市村茂樹さんを、心中に見せかけて殺したという証拠が、あるんですか？」

「では、誰もが納得する証拠を、一つ一つ、おさらいしませんか。第一は、あなたの息子、藤本智之さんと、心中事件を起こした六本木のクラブのママ、水島和江さんとの仲ですよ。藤本さんは、店のお客として、何回か、水島和江さんの店を、利用しているが、ママの水島和江さんと、客である藤本智之さんとの間に、男と女の関係があったなどという証言をする人は、誰一人としていないのですよ。ママの本当の相手は、エコノミストの市村茂樹さんだと証言する人が、何人もいるのです。そんな、藤本智之さんと水島和江さんの二人が、心中事件を起こすのは、おかしいと、誰もが、思いますよ」

「それは、あくまでも、状況証拠じゃないですか?」

「じゃあ、次は、水島和江さんの親友である、M製薬の社員、金子真紀子さんが殺されたことですよ。最初は、自殺の可能性も考えられましたが、すぐに、殺人だと断定しました。いったい、誰が何のために殺したのか、それは、金子真紀子さん自身の、携帯に残っていた通話記録から、推測できるのです。御社の藤本さんと同じように、M製薬にも、会社のためには、何でもする人物が、いるのでしょう。同じ会社の顔見知りなら、金子真紀子さんも、部屋に入れたでしょう」

「それだって、いってみれば、状況証拠でしょう? 金子真紀子というOLが、抗議をしたことは本当だったとしても、だからといって、私の息子が、M製薬を通じて、睡眠薬を、用意したとは、限らないでしょう? また、金子真紀子さんが死んだのも、自殺かも、しれないじゃありませんか? 自殺の、可能性だって、いぜんとして残っているわけでしょう？」

「では、次の、東京の心中事件です。まず、市村茂樹さんが、突然、銀行から一千万円を引き出し、その現金を持って、ホテル東京ベイで氷室晃子さんに、会ったんですよ。これから、心中しようという人間が、果たして、一千万円もの現金を持って会いに、行きますかね？　明らかに、何かやましいところがあって、氷室晃子さんに、一千万円を渡して、勘弁してもらおうと、考えていたのですよ。ですから、その時、市村さんは、心中をしようなんて、全く考えていなかったんです。一千万円を渡して、詫びようとしたのは、五月十五日に起きた、長良川の心中事件についてですよ。そこで死んだ水島和江さんが、本当は、心中ではなく、殺された。そのことを、知られてしまったので、何とか口止めしようとして、一千万円を持っていったのです。市村茂樹さんの行動は、そうとしか思えないじゃありませんか？」

「一千万円を何のために、市村さんが銀行から下して、ホテルに持っていったのかは、私には、分かりません。だからといって、何か、後ろ暗いところがあるから口止めのためだといっても、他にも、いくらも考えようがあるでしょう。例えば、市村さんが、氷室晃子さんのことが好きで、ホテルで、口説こうとした。水商売の女には、何といっても現金が効果がある。それでわざわざ一千万円の現金を、用意して、ホテルに持っていったのかも、しれないじゃないですか？」

　足立は、十津川が何をいっても、それは状況証拠でしかないといって、抵抗した。

4

次の捜査会議で、十津川は、捜査本部長の三上に、現在の状況を説明した。

「全ての状況証拠は、市村茂樹の周りにいる人間たちによって、次の内閣改造で、市村を財務大臣にするために仕組まれたものであることを示していると、私は、考えています。市村茂樹は、財務大臣に、なりたいと思い、今の総理大臣と、それを取り囲む実業界の大物たちは、市村茂樹を、財務大臣にするために、何とかして、彼と関係していた女、水島和江の口をふさごうとしたのです。これが、今回の二つの心中事件の、発端です。

市村茂樹と、本当に、関係のあった女は、六本木のクラブのママ、水島和江です。何とかして、この女の口を封じたい。殺すということでした。そこで考えたのが、心中に見せかけて、殺すということでした。選ばれたのが、R重工で、課長をしている藤本智之です。彼は、義理の父親で、R重工の副社長をやっている足立秀成から頼まれて、引き受けざるを、得なかったのだと思います。何しろ、彼の父親も、R重工で、働いていたし、奥さんの父親が、R重工の副社長なんですからね。頼まれた藤本智之のほうは、必死になったんだと思いますね。藤本智之には、大学三年の時に、今回と同じ成分の睡眠薬を使って自殺を図り、助かったという過去があります。つまり、一度、自殺を、体験しているんですよ。そこで、藤本智之は、水島和江を、長良川の鵜飼い見物に誘いました。二人の間には、男と女の関係はありませんから、和江は、突然、藤本智之から、旅行に誘われて、戸惑ったかもしれません。藤本智之は、店の常連客だし、R重工の社員も、店によく来てくれていたから、断り切れなくなったんだと思いますね。二人で長良川の鵜飼い見物に行き、藤本智之は、用意しておいた睡眠薬入りのワインで、心中事件を、作り上げたのです。結局、水島和江は、亡くなり、予想通り、自殺未遂の経験があり、体の丈夫な藤本智之は、一人だけ、助かってしまったのです」

「それで、藤本智之の父親たちは、その通りだと、肯(うなず)いたのか？」

「いえ。全く肯きません」

「それで、君は、困っているのか。足立たちを説得する自信がなくなったのか？」

「今も申し上げたように、男には、以前にも同じ睡眠薬を使って、自殺を図って助かったことがあり、女のほうは、決して体が強くはなかった。これは、心中に見せかけた、殺人なんですよ」

「しかし、今のところ、直接証拠は、何も、ないわけだな？」

「ありませんが、状況証拠は、はっきりと、藤本智之による殺人であることを示しています。それに長良川の心中事件を、心中に見せかけた殺人であることを証明しないと、東京のホテルで起きた第二の心中事件の説明も、つかなくなるのです」

「それならば、第一の事件は、心中に見せかけた殺人だと、断定したことにして、話を続けたまえ」

「長良川で殺されてしまった水島和江と、第二の事件を起こした氷室晃子とは、氷室晃子の立場からいえば、水島和江は、事故に遭った自分を、助けてくれた命の恩人なのです。この事故は、新聞で調べても、間違いなく、起こっていますから、晃子が、水島和江を命の恩人だと、思っていたのは、事実とみてもいいと考えます。その恩人が、突然、長良川で鵜飼いを、見物している最中に、心中事件を起こして、相手が生き残り、自分だけが、死んでしまいました。その相手が、藤本智之というサラリーマンだと知って、氷室晃子は、首を傾げてしまったのです。氷室晃子と、水島和江は、事故の後で仲がよくなり、お互いに、プライベートなことも、話し合って、相談し合っていたのではないかと、思うのです。水島和江は、氷室晃子に、自分の好きな男が、エコノミストの、市村茂樹であり、彼が、六十歳で、糖尿病であることも、話したに違いありません。長良川心中事件の相手は、水島和江から、名前も聞いたこともない、藤本智之というサラリーマンというではありませんか。これは、ちょっと、おかしいのではないのか？　そう考えて、氷室晃子は、自分で、いろいろと、調べたんだと思います。相手の藤本という男は、店の常連客では、ありますが、水島和江とは、それ以上の関係はない男であることが、分かってきました。これは、ますます怪しい。氷室晃子が、そう思って、さらに、調べていくと、水島和江の相手は、間違いなく、エコノミストの市村茂樹であることが分かって、そこで、その相手を脅かしたと、思うのですよ。脅かされて、市村茂樹は、慌てて一千万円の現金を用意し、約束の場所である、ホテル東京ベイに行き、まず、氷室晃子に、一千万円の現金を渡したんだと、思うのです。氷室晃子のほうは、最初から、水島和江の仇を討つつもりでしたから、一千万円貰って納得したような顔を見せて、相手を、安心させておいてから、病院で処方してもらったネルトンNを混入しておいたワインを、相手に飲ませ、同じものを、自分も一緒に飲んだのです。多分、あなたとは何のわだかまりも、なくなったので、最後に乾杯して、お別れしようじゃありませんかとか、そんなことをいって、睡眠薬入りのワインを、市村茂樹に、飲ませたのだと、私は思っています。それが成功して、市村茂樹は死に、氷室晃子は、生き残りました。自分の命の恩人が、心中に見せかけて殺されたことの仕返しをして、今度は、同じように、心中に見せかけて、市村茂樹を殺したのです。多分、意地がやらせたのだと思います。氷室晃子は、自分の思い通りに、事が運んで、快哉（かいさい）を叫びたいような、気分だったんじゃないかと、思いますね」

説明し終わると、十津川は、三上を見た。

しかし、三上は、どこか、冴えない顔をしていた。

5

「さっき、足立副社長の弁護士から抗議の手紙が届いたよ」

「何といってきたのですか？」

「これを読んでみたまえ」

三上は、一通の封書を、十津川に手渡した。

「警察は、長良川で起きた心中事件を、あたかも、心中に見せかけた殺人事件だと考え、生き残った藤本智之を、犯人のように、扱っている。

しかし、誰が見ても、明らかに、心中事件なのである。たまたま女が死に、男のほうだけが助かった。これは、偶然でしかない。

殺人事件では、ないのだから、警察が捜査をする必要は、何一つない。

また、東京・台場の、ホテル東京ベイで起きた心中事件とは、全く、関係はない。

東京の場合は、女のほうが助かり、男が死んだ。これも、第一の事件と同じように、男が死に、女が助かったのは、単なる、偶然でしかない。これは、長良川の心中事件と、同じである。

警察は、この二つの、心中事件に対して、どうして、殺人事件の疑いを持って、捜査一課が捜査を担当しているのか、理解に苦しむ」


これが、弁護士の抗議文だった。

読み終わると、十津川は、少しばかり、弱気になってしまった。

十津川の頭の中では、今回の二つの殺人事件、いや、心中事件は、どちらも、心中にみせかけた、殺人なのだ。状況証拠が、それをはっきりと、証明している。

（しかし）

と、思ってしまう。

状況証拠は完璧である。

しかし、これで、果たして、起訴できるのだろうか？

十津川は密かに、知り合いの加倉井検事に、相談してみた。二つの心中事件に対しての自分の考えを説明し、これを殺人事件として起訴まで持っていけるかどうかを、相談したのである。

加倉井検事は、正直に、自分の考えを話してくれた。

「このままでは、起訴まで持っていくのは、難しいと思うね。証拠はあるが、全て、状況証拠だし、君は、二つの心中事件が、本当は、殺人事件なのだといっている。しかし、これは、間違いなく心中事件であると、主張する者だって、多いだろう。私だって、五分五分というところだからね。心中事件に見せかけた殺人ということで、起訴するには、今の時点では、かなり、難しいのじゃないかと思っている。もう少し、はっきりとした証拠を、つかんでくれれば、ありがたいんだがね」

十津川は、捜査本部に戻ると、三上に、今、聞いた加倉井検事の考えを、話した。

「やっぱりね」

三上が、いった。

「たしかに、君がいうように、この二つの心中事件には、殺人の可能性があると、私も考える。しかしね、これは、あくまでも、君と私の推理でしかないんだよ。このままでは、たしかに、加倉井検事のいうように、起訴に持ち込むのは、難しいだろうと思う。もう一つなんだよ。もう一つ、何か強力な証拠が、出てくれれば、加倉井検事だって、おそらく、喜んで、起訴してくれるんじゃないのかね？」

翌日、若い西本刑事が、一つのニュースを持ってきた。

「長良川で心中事件を起こした、藤本智之ですが、彼の奥さんの涼子が、区役所で、離婚の手続きを取ったそうです。自分という妻がありながら、水商売の女と、心中を図ったのは、どういうことなのか？　私は、このことは、絶対に許せない。そういって、離婚届を提出したそうです」

「なるほどね。実は、私が脅かしたんだよ。それで、藤本智之の義父である足立副社長たちが、慌てて、離婚届を出させたんだ。そうとしか、考えられないね」

「警部の考えでは、離婚届は、出さないと、思っていらっしゃったんですか？」

「ああ、離婚は、しないだろうと思っていたよ。藤本の奥さんだって、夫が、水島和江というクラブのママを、殺すために、偽りの心中事件を起こしたということは、もちろん知っているんだ。だから、うやむやにしておいて、最後まで、離婚はしない。そう考えていたんじゃないのかね？　ところが、私が、藤本智之の義理の父親である足立副社長に会って、離婚しないのは、おかしいと脅したので、慌てて、離婚届を出すことにしたんだと思うね」

念のために、西本刑事が、区役所に行って、藤本涼子が、本当に離婚届を出したかどうかを、調べてくることになった。

区役所から戻ってきた西本は、

「間違いなく、夫の藤本智之も、判を押しています」

「なるほどね。二人とも、ずいぶん、無理をしたものだな」

十津川が、苦笑した。

もちろん離婚の報せを聞いても、十津川の気持ちは、変わることがなかった。というより、むしろ、あれは、偽装心中なのだという考えが、ますます強くなった。

岐阜でも東京でも、いったんは、心中として処理されようとした事件の再捜査が、始まっている。だから、警察の追及をかわす狙いもあって、離婚届を、出したのだろう。

（おそらく、ほとぼりが冷めたら、また再婚するつもりなのではないだろうか？）

（まるでゲームだな）

とも思ったが、この際、少しばかり様子を見てみることにしようと、十津川は、亀井を連れて、もう一度、足立秀成に会いに行くことにした。

足立の家の前まで行くと、家の中が、何やら騒がしかった。近所の人が、集まり、救急車まで来ている。

十津川が中を覗くと、そこに、救急隊員がいて、十津川の顔を見るなり、

「もう警察が、来たんですか？」

「何があったんですか？」

「ついさっき、足立秀成さんが、自殺したんですよ。われわれが到着した時には、すでに、手遅れの状態で、手の施しようがありませんでした」

「どういう方法で？」

「首を吊りました」

「自殺だということは、間違いないのですか？」

「事件の可能性は、全くありません。それから、遺書があったそうですよ。その遺書は、娘さんの涼子さんが、持っています」

と、救急隊員が、教えてくれた。

藤本智之と形式的に離婚した涼子は、あくまでも離婚を、本当らしく見せるために、数日前

から、実家に帰っていたらしい。

二人の刑事は、家の中に入っていき、涼子に会うと、

「こんな時に、申し訳ありませんが、お父さんの遺書を見せて、いただけませんか？」

涼子は、一瞬ためらってから、その遺書を、十津川に渡した。

「今回の心中事件について、警察は、偽装心中ではないかといい、中には、私が智之君を使って、心中事件を、でっち上げたようにいう者までいる。

それは、大変な誤解である。その誤解を解くために、私は、自分の命を、絶つことにする。

私がいなくなっても、どうか、幸福になって欲しい。

父より」

これが遺書の全文だった。

簡単だが、間違いなく、足立自身が書いた遺書である。

十津川が読み終わって、返すと、涼子は、十津川を、にらんで、

「父が自殺したのは、半分は、警察のせいだと、思っています。もうこれ以上、私たち家族を、いじめないでください。このままでは、今度は、母が、自殺してしまうかもしれませんから」

6

（これで、ますます、起訴が難しくなってしまったな）

と、十津川は、思った。

　二つの心中事件は、偽装心中だと、十津川は確信し、捜査を続けていけば、証拠が、どんどん集まってきて、殺人事件と断定され、容疑者が、起訴されるだろう。

　そう思っていたのに、少しずつ、足元が危なくなってきた。

　警視庁でも、岐阜県警でも、殺人事件の可能性があるということで、心中事件の再捜査を始めている。

　しかし、このままでは、何の収穫もないままに、終わってしまうだろう。

　しかし、だからといって、どうしたらいいのか、十津川にも、判断がつかない。

　家に帰っても、十津川が、難しい顔で、考え込んでいると、妻の直子が、こんなことをいった。

「あまり、難しく考えないほうが、いいんじゃありません？」

「君は、難しく、考えることはないというが、今のままでは、負けるんだ。何しろ、状況証拠しかないんだから」

「でも、私から見れば、こんなに単純で、簡単な事件はありませんけど」

「単純で、簡単だって？　意味が分からんね。私をからかっているのか？」

「いいえ、からかってなんか、いませんよ。あなたの話を聞いていると、今回の事件は、心中事件が二つ、続けて、起きたが、どちらもはっきり、敵と味方とに分かれていると、考えてみましょうよ。第一の心中事件では、助かった藤本智之が敵だわ。第二の心中事件では、今度は、助かった氷室晃子が味方ね。少し乱暴だけど、そう見ていいんじゃないかしら？　そう考えれば、こんな簡単な事件は、ないんじゃありませんか？」

「そういう分け方では、起訴できないんだ。いいかね、二つの心中事件は、明らかに偽装心中事件なんだ。だから、誰も本当のことを、しゃべっていないんだから、難しいんだ」

「第一の心中事件では、生き残った、藤本智之が敵だから、いくら頼んでも、脅かしても、彼は、本当のことをしゃべるわけはありませんよね？　第二の心中事件では、助かった氷室晃子さんが、味方なんでしょう？　危険を冒してまで、親友の仇を、討った人なんですからね。それなら、氷室晃子さんに、お願いすればいいじゃありませんか？　彼女に、本当のことをしゃべってくれといえば、いいんですよ。それで簡単に、問題が、解決するんじゃありませんか？」

「――」

十津川が、黙って肯いた。

7

十津川は、退院した氷室晃子を、捜査本部に呼んで、一対一で、話し合うことにした。

「あなたに、お願いがある」

十津川が、いった。

「あなたが、台場のホテルで、心中に見せかけて市村茂樹を殺し、水島和江さんの仇を討ったことは、分かっています。私は、あなたが自分の命の、危険を冒してまで、そういう行動をとったことに、感動しているんです。しかし、このままでは、ただ単に、心中事件が、二つあったということだけで、終わってしまうんですよ。

あなたの自己満足で終ってしまいます。そうならないためにも、あなたに、本当のことを、しゃべってほしいのです。何回もいいますが、本当のことは、よく分かっているんです。ただ、あなたが、事実を話してくれない限り、事実には、ならないんですよ」

「でも、私が、心中事件は、全くのウソでしたといったら、その時から、殺人犯になってしまうんですよ。刑務所には、行きたくありませんから」

「しかし、このままでは、あなたは、市村茂樹が、関係を清算するために、無理心中を図った相手ということになってしまいますよ。そうなると、長良川で心中した、水島和江さんだって、藤本智之と男と女の関係があって、それを、清算するために、睡眠薬を使って、心中事件を起こした。そういうことに、なってしまいます。事実は、消えてしまいます。このままでは、二人とも、成就しない愛を清算するために、心中事件を起こした。そういうことに、なってしまうんですよ。それでもいいんですか？」

十津川が、迫ると、氷室晃子は、黙ってしまった。

十津川が、言葉を続けて、

「あなたは、親友の仇を討った。そのことに、私は、感動しているんですよ。あなたが、真実を、話してくれたら、あなたのために、私は力を、尽しますよ。そうしなければ、あなたの命の恩人である水島和江さんが、浮かばれないいんじゃありませんか？」

「本当に、和江さんは、浮かばれないと思いますす？」

「ええ、そう思いますよ。二つの事件を、本当は違うのに、心中事件だということで、押し通してしまえば、全てがウソで、固まってしまいますよ。そんな事態を、水島和江さんが、喜ぶはずがないじゃありませんか？」

「私は」

晃子が、つぶやいた。

十津川は、黙って、晃子の次の言葉を待った。

「私は、殺された和江さんが、かわいそうで、仇を、討ってやろうと思って、市村茂樹を、心中事件に見せかけて、殺したんです。ホテルの部屋で、長良川の心中事件について、私が追及すると、自分は何も知らない。R重工やM製薬が、勝手にしたことだ、と言いながらも、私に、一千万円を渡そうとしました」

氷室晃子が、本当のことをしゃべり始めると、二つの心中事件は、アッという間に、二つの殺人事件へと、変わっていった。

心中事件には犯人がいないが、殺人事件となると、犯人が、存在する。

そこで、十津川が、心中事件に見せかけて、男、市村茂樹を、殺した容疑で、氷室晃子を起訴した。

これが、岐阜県警に伝わると、岐阜県警でも、藤本智之を、心中に見せかけて、水島和江を殺した殺人容疑で、岐阜地裁に、起訴することになった。

精神的に、追い詰められていた、藤本智之は、あっさりと、自白した。どこか、ほっとしたようだったという。

十津川は、殺人教唆の罪で、R重工の社長、また、藤本智之の父親で、R重工の副社長である足立秀成を死亡のまま送検した。

さらに、M製薬の社員が、金子真紀子を殺したと、自首してきた。

捜査の手は、M製薬にも及んだ。

アッという間に、全てが明らかになってしまったのだ。

その後で、ようやく、捜査本部を解散することができた。

この作品はフィクションであり、作中に登場する人物、
団体、場所等は実在のものと関係ありません。

本書は二〇一〇年二月に刊行されたC★NOVELS
『十津川警部　長良川心中』の新装・改版です。

ご感想・ご意見は
下記中央公論新社住所、または
e-mail：cnovels@chuko.co.jpまで
お送りください。

C★NOVELS

十津川警部 長良川心中
——新装版

2010年2月25日　初版発行
2021年8月25日　改版発行

著　者　西村京太郎
発行者　松田陽三
発行所　中央公論新社
〒100-8152　東京都千代田区大手町1-7-1
電話　販売 03-5299-1730　編集 03-5299-1930
URL http://www.chuko.co.jp/

DTP　ハンズ・ミケ
印　刷　三晃印刷（本文）
大熊整美堂（カバー・表紙）
製　本　小泉製本

Published by CHUOKORON-SHINSHA, INC.
Printed in Japan　ISBN978-4-12-501438-8 C0293

熱海・湯河原殺人事件
新装版

西村京太郎

熱海と湯河原でクラブを経営していた美人ママを絞殺した小早川が出所すると、平穏な温泉町で連続殺人が。一方、十津川は、東京で起きた幼女誘拐事件の捜査で小早川に接近するが。

ISBN978-4-12-501412-8 C0293　900円　カバーデザイン　安彦勝博・中野和彦

十津川警部 雪と戦う
新装版

西村京太郎

伊豆の旧天城トンネルが爆破され、後日、犯人を目撃した女子大生が刺殺された。そして次は湯沢のスキー場でゴンドラが爆発。粉雪舞う越後湯沢に急行する十津川を待つものは……！

ISBN978-4-12-501422-7 C0293　900円　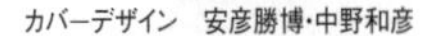カバーデザイン　安彦勝博・中野和彦

「雪国」殺人事件
新装版

西村京太郎

十津川警部の元部下で私立探偵の橋本豊は、芸者菊乃の身元調査のため越後湯沢へ向った。ミス駒子にも選ばれた菊乃に、橋本は危険な香りを感じる。そして彼女の周囲で連続死傷事件が起こる。

ISBN978-4-12-501427-2 C0293　900円　カバーデザイン　安彦勝博・中野和彦

新装版

終電へ三〇歩

帰れない夜の殺人

赤川次郎

リストラされた係長、夫の暴力に悩む主婦、駆け落ちした高校生カップル……。駅前ですれ違った他人同士の思惑が絡んで転がって、事件が起きる！

ISBN978-4-12-501426-5 C0293　900円

カバーイラスト　牧野千穂

竹人形殺人事件

新装版

内田康夫

父に愛人がいた⁉　浅見家に降りかかったスキャンダルの真偽を確かめるため北陸へ向かった名探偵・光彦は、竹細工師殺害事件に巻き込まれてしまうが——。

ISBN978-4-12-501433-3 C0293　900円

カバーデザイン　安彦勝博・中野和彦

表示価格には税を含みません